Mi
Abuelo
explicaba muy bien
a los
Pájaros

ABUELO

explicaba muy bien
a los
PÁJAROS

Iván Castro RODELO

GRUPO NELSON
Una división de Thomas Nelson Publishers
Desde 1798

NASHVILLE   DALLAS   MÉXICO DF.   RÍO DE JANEIRO   BEIJING

MI ABUELO EXPLICABA MUY
BIEN A LOS PÁJAROS

MI ABUELO, Lucas Camacho, es, según mis recuerdos, un campesino que visto desde lejos se asemeja a un hombre de barro que siembra su campo y en la tarde viene, desandando la vereda hacia su cabaña. La casa cabaña del abuelo es el más grande y lindo vestigio material de pasados buenos tiempos. Es tal y cual la imaginaba yo desde antes de que la conociera a mis cinco años, cuando mi padre comenzó a traerme a pasar vacaciones. Da la impresión de que la casa hubiera venido volando toda entera desde Texas o Australia y aterrizado en un lugar que no le correspondía. Más allá están las tierras donde el abuelo tiene algún que otro cultivo al que se dedica, pero ya no con tanto esmero como antes. El verano ha sido largo, corrosivo y solo ha dejado por doquier osamentas de vegetación; sin embargo, como una alabanza de la tierra seca, perduran los frutales: mangos, caña de azúcar, melones, papayas y patillas, con los que no ha podido ni la destreza del verano. También tiene allí unas viejas y desgastadas maquinarias, como tractores, arados, carretas, un Jeep rojo que el abuelo dice que aún funciona y demás herramientas agropecuarias. Alguna vez las utilizó para cultivar y transportar tabaco, pero ahora, inclinadas y vencidas, parece que se las come la tierra. A veces me subo en ellas a jugar. Más allá hay otras tierras de pasto en las que crió ganado vacuno. Cuenta el abuelo que una vez se vino el ganado al cultivo y se comió unas cabuyas o hectáreas de tabaco y esto originó que por varias semanas la leche del ordeño resultara amarga. Solo él se atrevió a tomarla, diciendo que era como beber café con leche blanco y fumar tabaco, todo al mismo tiempo.

El abuelo llena el resto de sus horas con la pesca. En la distancia es un hombre azul flotante que atraviesa en su barca la quietud de las aguas de la espléndida ciénaga. Sobre él, disciplinadas garzas graznan y vuelan haciendo compases. Mi viejo abuelo se une a los graznidos con un canto. Ni siquiera sabe cantar una canción completa, más bien canta trozos, rebanadas de canción. El abuelo canta, como para saberse vivo y para sacar al africano que lleva dentro. Canta con una sola bocanada de aire puro, con un acento lánguido, sin efectos estéticos. Porque al abuelo no le importa cómo se escucha. Además, solo yo le escucho en este lugar; otros, que también pescan, han preferido esperar a que pase este verano, que se ha esmerado en prolongarse, para venir otra vez a pescar.

Estamos sobre el lienzo de la ciénaga, es sábado y el abuelo, con pulso, tira una y otra vez la atarraya o el hilo del anzuelo. A veces saca pequeños peces, a veces solo algas color esmeralda, a veces nada. Por lo general nada y alza otra vez un trozo de su canción:

> Ya no es imaginación
> El perfume de la flor
> La ra li la ra la ri
> Pero ayer brotó.
> Ayer fue la ocasión
> En que hablaba del amor
> La la la la ra lairá.
> Pero hoy se reveló...[1]

—Ya me sé la tabla del seis —digo a sus espaldas, sentado en la barca.

—Oh —contesta. A veces el abuelo habla en monosílabos o bisílabos.

—Seis por una seis, seis por dos doce, seis por tres dieciocho, seis por cuatro veinticuatro...

En eso, pasa una iguana que rompe con sus patas la línea del agua, justo al lanzar el abuelo la atarraya, y queda atrapada.

—Ven tonta —dice el abuelo tirando del chinchorro hacia la barca. Yo río.

—Es macho —dice el abuelo al tomarla firme por la cabeza y mirar de cerca su barriga.

—¡Qué grande es, abuelo!

—Esta todavía es pequeña, comparándola con otras que he visto.

La iguana nos mira con sus ojos nublados. Ni siquiera pretende soltarse, la pobre.

—Bueno amiguita, no vuelvas a meterte en mi red, o te comeré. Agradece que hayamos pescado algo...

—¿Vas a soltarla, abuelo?

—Su familia debe de estarla esperando —dice aventándola, y el pequeño saurio, erguido, trepa a las ramas más próximas y desaparece de nuestra vista.

Debo decir que disfruto mucho de estos tiempos con el abuelo. Siempre esperaba con ansias las vacaciones de mitad de año o de diciembre para venir a verle y oírle hablar. Mi abuelo sabe mucho, explica muy bien a los pájaros; así que le oigo de buena gana. En ocasiones me ha dejado esperarle en la playa de la ciénaga, bajo la descomunal sombra danzante de la ceiba, mientras él desempeñaba su oficio. Yo normalmente me distraigo tirando una piedra plana sobre la lámina del agua o haciendo pelear a las hormigas. Las hormigas son muy tontas. Primero coloco una cabeza de pescado fresca cerca de algún hormiguero y otra en otro cercano y dejo que hagan su invasión. Cuando considero que ambas cabezas están lo bastante llenas, tomo con cuidado, con un palo, que no vayan a picarme, una de las cabezas y la asiento sobre la otra, y ahí se arma el combate. Deben ser hormigas de diferente color o especie. Cuando me aburro de esto, simplemente observo a mi abuelo, como dentro de una postal en la ciénaga sin barcos. Lo veo quijotesco, como un sacerdote degradado en este calcinado trópico, oficiando culto, de pie en la barca; como un auténtico zulú, con su uno ochenta y cinco de estatura, su piel morena y sus ojos verdes. Luego, por un camino ignorado por los lagartos, nos dirigimos a casa. Mi abuelo lleva la pesca del día en un balde. Yo voy pensando en la veloz iguana macho.

—¿Seis por cinco? —pregunta al vuelo, de repente—.

—¿Ah?

—¿Cuánto es?

—Treinta —respondo, y caminamos.

—¿Seis por seis?

—Treinta y seis —digo, y caminamos. Yo voy mirando ocasionalmente hacia atrás para comprobar la extraña sensación de que la ciénaga nos sigue juntamente con el cielo, hasta que llegamos al hombro de la loma y bajamos el último tramo de camino hacia la cabaña. Ya se divisa el alto techo blanco de la casa del abuelo y se oye la voz de un gallo joven.

—¿Y seis por ocho?

—Cuarenta y ocho.

—Comeremos bizcocho —dice el abuelo.

Yo río. El abuelo ha empezado a hacer gala de su arteria humorística.

En la cabaña del abuelo duermen los objetos cuando él no está: En la cocina, el fogón campesino y leña seca amontonada; una tinaja, la linterna a gas que cuelga de un alambre, una mochila guajira, un machete, un radio de marca *International* sobre una repisa de madera. Un loro de ademanes amanerados se columpia dentro de su jaula, que permanece abierta.

En los rincones de la sala, dos taburetes recostados a la pared, con fondo y respaldo de cuero de vaca sin curtir. Una puerta sin cortinas da a una habitación donde hay un viejo baúl negro con unas cuantas pertenencias del abuelo y, en un rincón, las partes desarmadas de una cama. Se llega a la parte de arriba por una escalera de peldaños gruesos. Allí hay tres habitaciones más, que huelen a clorofila, con hamacas colgando en los rincones, en las que dormimos. Las habitaciones están iluminadas por ventanales amplios. La más grande de ellas tiene un balcón donde el abuelo y la abuela se sentaban en mecedoras a meditar las constelaciones en las noches despejadas. En un rincón, un viejo pero bien cuidado tocadiscos; sobre las bocinas del mismo, varios discos de acetato, de los negros. Hay un armario grande con libros ordenados por tamaño.

En el amplio patio de la casa hay unas matas de yuca, no muchas. Un bien cuidado rosal florecido, sembrado en tiempos de la abuela, el maracuyá en flor abrazando al tamarindo, la guayaba dando aroma y unos palos de papaya, paridos allí por casualidad; una alberca grande sin agua y una pequeña a la mitad. Hay una bomba de succión que funciona con gasolina y que el abuelo usa para hacer subir el agua de un pozo hasta un tanque elevado que luego baja a las albercas. En tiempos de sequía le ha sido muy útil no solo al abuelo, sino también a sus vecinos. El rancho tiene luz eléctrica.

El abuelo enciende el fogón usando bagazo de caña seco que le sirve de yesca y leña que toma de la pila. Quita la cáscara de la yuca y de algunos plátanos y los mete a la olla con agua y los pone a hervir. Toma el balde con los peces recién pescados y se dispone para limpiarlos en un lugar del patio donde hay una vieja mesa. Retira las escamas raspando con un cepillo de púas y con un cuchillo. Diestramente, retira las cabezas y las tira al perro. El perro también parece estar pasando por el verano, porque está flaco y largo, parece hecho a tiza. El perro contempla las cabezas y mira al abuelo, hace un meneo de la cola y gime, no se decide a comerlas.

—Eso es lo tuyo, tres pesos —así se llama el perro, porque en esa cantidad de dinero se lo vendieron al abuelo—. Buen provecho —le dice el abuelo sin mirarlo.

El perro, sin embargo, se pone optimista, quiere del pescado que el abuelo prepara.

—Conténtate con eso, ya vendrán mejores tiempos.

El abuelo viene al fogón y, con cuidado, coloca los pescados abiertos y decapitados sobre el bastimento que hierve. El perro baja la guardia y se dirige a las cabezas de pescado, en cuyos párpados acuáticos ya han aparecido unas bandas de hormigas. El abuelo termina de decirle algo al perro mientras este sacia gozosamente su hambre. Realmente, el abuelo es capaz de compartir su comida con el perro, las gallinas, el gallo, el burro y los puercos, yo lo he visto.

—Huele rico, abuelo —comento yo.

—Y sabe mejor. Ya verás cuando lo pruebes, vas a querer repetir. Te vas a chupar los dedos.

Cuando estoy con el abuelo siempre es lo mismo. Pescamos o vamos a la parcela temprano, regresamos al rancho y prepara el almuerzo, por lo general pescado, ocasionalmente carne salada o seca, queso y huevos revueltos con arroz o arepas de maíz. Mi abuelo se ha vuelto un hombre giratorio en su normalidad doméstica. Imagino que cuando está solo hará lo mismo; sin embargo, me resulta muy difícil aburrirme en su compañía. Cuando despierto temprano en el rancho, él ya se ha tragado una parte del día y está echando comida a los cerdos de la porqueriza, maíz a las gallinas y hierba al burro; ya ha preparado café, ha recogido los huevos del gallinero, ha molido maíz para hacer con la masa arepas o bollos y está escuchando alguna emisora de onda corta, metido en su habitual uniforme de campesino: sus abarcas, talla cuarenta y cinco, un ocre pantalón ancho, una camisa a cuadros de manga larga y un fresco sombrero de paja. Y está de pie, madurándose con el mismo sol que madura las copas de los cipreses.

—Buenos días, abue —digo sin énfasis.

—Buenos días, muchacho. ¿Dormiste bien?

—¿Qué hora es?

—Dice el radio que las seis.

Yo bostezo.

—Con razón tengo sueño —digo.

—Toma un poco de café —me ofrece.

El abuelo tiene un termo con café caliente. Vierte un chorro en una totuma pequeña y me lo extiende.

—Primero me cepillo los dientes, abue.

—Esperamos que los que dicen que lloverá se salgan con la suya —dice el abuelo.

—¿Quién? —digo con el cepillo de dientes en la boca.

—Los que pronostican lluvia. Dicen que se avecina, los oí por la radio.

—Si no llueve, todo morirá, abuelo —digo con una seriedad extraña para mi edad. Pruebo el café y sabe áspero—. No tiene azúcar —digo.

Abuelo me extiende un tazón con azúcar y acabo de endulzar mi café. Tomo un sorbo y digo:

—La ciénaga se secará y, si no hay agua, las plantas morirán. El maíz, la yuca y los animales también.

Abuelo pasa su brazo por mi hombro y me encamina al centro del patio, el perro flaco nos sigue. Este es un modo común de comportarse que adquieren con los años los abuelos. Imagino que cuando yo sea abuelo también tomaré a algún nieto, lo haré caminar conmigo y le diré cosas.

—Hay cosas peores que un largo verano —dice.

—¿Sí, abuelo? ¿Qué cosas?

—Un corazón sobre el que nunca ha llovido, por ejemplo.

—¿Cómo es eso abuelo?

—Nosotros soportamos un verano físico y desearíamos que pronto pasara, y pasará, pero hay personas que soportan un verano espiritual. Su sequía es tal que la tierra de su corazón está cuarteada y nada bueno germina en ellos. Tal vez, espinas o cardos que chupan la poca existencia de estos pobres seres.

Ahora el abuelo toma una mata de ajíes que naufragó ante la sequía y la arranca del suelo de un tirón, me la da en la mano y añade:

—Este verano mata las plantas, pero, luego que vuelven las lluvias, pasa el verano y podemos volver a sembrar; pero, en los corazones donde no llueve, las cosas mueren para siempre. La sequía espiritual es desesperanzadora.

—¿Y qué puede hacerse, abuelo?

—Pedir al cielo la lluvia. El buen Dios que da la lluvia física para que beba la tierra sedienta y hacer que todo vuelva a florecer también concede su lluvia de gracia sobre estos sedientos corazones para que todo vuelva a renacer en ellos, antes que mueran definitivamente de sed.

El abuelo continúa disertando sobre este asunto de la lluvia en el corazón y yo, ahora, recuerdo que mi padre me encargó preguntarle al abuelo cosas de su pasado, porque en otros tiempos él no se expresaba de ese modo, ni mucho menos mencionaba a Dios. Sin duda, algo había pasado en él en los últimos años.

MUCHO ANTES de que yo naciera, cuando mi padre era un muchacho, el abuelo tuvo que sufrir la pérdida de su esposa, es decir, mi abuela. Esto lo hizo refugiarse en la bebida y descuidar sus labores, y sus sembrados se llenaron de monte. Lo último que se perdió fue una cosecha de muchas hectáreas de maíz que el abuelo dejó madurar hasta que los granos, dentro de las mazorcas, se volvieron de cenizas. Iba entonces, con demasiada frecuencia, a adquirir licor al pueblo. Todavía tenía un caballo en que cruzaba los doce kilómetros de camino; ya después, lo dejaría como parte de pago de licor y se desplazaría en una bicicleta, en un burro viejo o a pie.

Mi padre vino a quedarse con él por unos días y a tratar de consolarle, pero el abuelo poco se recuperó. Se volvió un trasnochador profesional y cantaba canciones hechas del mismo material de su dolor. Eran esas canciones donde siempre se moría alguien:

Si la muerte viene por mí
Como vino por Luis Martín
Yo la, li, lo, la, la, la, la
Si la muerte viene por mí.

Así cantaba el abuelo, porque no se sabía nunca las canciones completas y las intercalaba con monosílabos.

Luis Martín cayó en el camino
Herido por tres balazos

Sangrando y la, la, la, lio
Y un botellón en sus brazos.

Luis Martín traspasó la raya
Su muerte era merecida
La, li, ra, la, li, ra, la, la
El ron le quitó la vida.

Su madre se lo decía
Hijo de mi la, la, la,
Ya no tomes tanto trago
Deja el maldito la, la.

Luis Martín no seas como tu padre
Quien murió por el licor
Dos dolores en la, la, la
No aguanta mi corazón.

Las palabras de su madre
Fue lo último que la, la, ro
Cayendo pesadamente
La, la, ra hierba expiró.

Y así, las canciones les decían a los vecinos que ahí venía el abuelo, como un alma en pena, como un animal lunático, como una larga sombra encorvada, dando tumbos por la vereda, con sus sentidos, todos ebrios, paseando su angustia y su borrachera. Cierta vez, tarde en la noche, un campesino y su mujer aparecieron sobre su burro y le vieron abrazado a un árbol.

—¿Estás borracho, Camacho? —preguntó la mujer de aquel hombre.

—No —contestó el abuelo—, estoy esperando que pase mi casa para subirme, sonsa. Los dos del burro siguieron su camino azorados.

—Te pago el ron con estos bultos de yuca —dijo otro día mi abuelo al dueño del granero del pueblo, luego de hacer un arqueo de bolsillos y hallarse sin ni un céntimo para adquirirlo. Era algo a lo que el abuelo se había acostumbrado.

—Ahí afuera está la carga —añadió.

—¿Cuánto es? —preguntó el de la tienda.

—Cien —dijo el abuelo.

Al de la tienda le pareció bien el precio.

—¿Y cuánto ron quieres?

—Dame dos cajas —dijo el abuelo.

El hombre de la tienda mandó a un empleado que bajaran dos cajas de licor y las despacharan al abuelo.

—Dos cajas son ochenta, te quedan veinte —dijo el tendero—. ¿Quieres que te los dé en comida?

El abuelo casi ni pensó.

—¿Y para qué quiero tanta comida? Dámelos en ron.

Otra vez, el abuelo vino a hacer lo mismo, pero sin carga de nada.

—La otra semana recojo aguacates, pero necesito que me des algunas botellas de ron de anticipo.

—No —dijo el hombre.

—Te pago con unos bultos de yuca si quieres.

—No, hombre —dijo el tendero sin ni siquiera mirarlo.

—Tengo una carga de maíz —insistía el abuelo.

—Mejor págame con plata —dijo el de la tienda.

—No tengo plata.

—Llévalas y cuando tengas me pagas —le dijo el tendero a lo que le daba unas botellas.

—Ese es mi amigo —dijo el abuelo extendiendo su mano al tendero.

—Ya vete, viejo, y cuídate que no vayas a romperte algo por ahí —le dijo el tendero, saludándolo a duras penas con la mano.

—Gracias, gracias.

—Las que hacen los micos —dijo el tendero.

—Bueno —dijo el abuelo—, ya que estamos aquí, ¿puedes darme un paquete de tabacos y fósforos?

El tendero lo miró mal, pero bajó de lo alto del estante un gran paquete de tabacos y le encimó unos fósforos. Aunque el rancho del abuelo contaba con energía eléctrica, él no la usaba.

—Llevas más tabacos que fósforos —le dijo el tendero.

—No te preocupes, que yo enciendo un tabaco con otro.

Cuando mi padre llegó a mirar al abuelo, el tendero lo supo y se dispuso para cobrar a mi padre: doscientas veintisiete botellas de ron, setenta paquetes de tabaco de treinta tabacos cada uno, treinta y cinco cajas de fósforos e igual cantidad de paquetes de velas.

—¿Tanto? —preguntó mi padre.

—Su papá se emborracha en serio, señor —dijo el tendero.

Mi padre hizo un cheque al tendero y le rogó que no le despachara más cosas al abuelo que no fuera comida, o a lo sumo velas y fósforos.

Tres días después de que mi padre arribó al rancho, el abuelo emergió un poco de su borrachera acostado en la hamaca. Había dormido, sin escalas, todo ese tiempo. Mi padre lo miraba.

—¿Acabas de llegar? —preguntó el abuelo casi sin sorpresa.

—Viejo, tengo tres días de estar aquí.

—Tres días, tres días. ¿Y dónde estaba yo?

—Aquí, acostado.

—¿Qué hora es?

—Las seis —le dijo mi padre.

—Pero está muy oscuro para ser las seis de la mañana —dijo el abuelo.

—Son las seis de la tarde —dijo mi padre.

—Entonces es tarde. ¿Hay café?

Mi padre dio unos pasos hacia la cocina, tomó el termo, sirvió café sin azúcar en una totuma y lo dio al abuelo. Le temblaban las manos al abuelo, mi padre terminó de darle la pócima de café. Luego, con el índice y el pulgar, a la manera en que suelen hacer los médicos con un paciente, le abrió uno de los ojos y le alumbró con una mini lámpara. Había bastante ron todavía en su pupila.

—Te vas a enfermar, viejo, te vas a enfermar. Y si te mueres... ¿Qué me queda, ah?

—No te preocupes, aquí se permite todo, menos enfermarse ni morir —dijo y encendió la radio.

—¿Para qué tomas tanto?

—Para morirme, pero, ya ves, el ron parece que me fortalece.

Papá hizo que el abuelo tomara un baño a esa hora y le preparó algo de comer de unos víveres que trajo de la ciudad.

—Debo irme mañana temprano —dijo mi padre—, pero quiero que me asegures que no irás a pedir más ron.

—Debo ir al pueblo, tengo cosas que vender y pagar.

—Ya pagué al tendero.

Mi padre le dijo al abuelo cuánto debió pagar.

—Desgraciado, se aprovecha que no me acuerdo de nada.

—Te traje estas vitaminas. Tómate una al día.

Mi padre había estudiado medicina y siempre traía medicamentos para el abuelo.

Mi abuelo tomó el frasco y dijo con gravedad —Quiero que seas mi hijo, no mi médico.

—Viejo, por Dios, soy médico gracias a ti. También te traje víveres, aliméntate bien. Vendré a verte pronto. No te digo que te vayas conmigo porque sé que amas estar aquí, pero lo mejor para todos sería eso.

—Yo estoy atornillado al campo, hijo... y botaron el destornillador.

—Limpié el rosal de mamá —dijo mi padre.

—No ha querido florecer, y eso que lo riego... a veces.

—Ya le llegará la hora de florecer —añadió mi padre.

—Ya son tantos años —dijo el abuelo.

—Florecerá, viejo, florecerá —concluyó mi padre.

Mi padre regresó a la ciudad, no sin antes tomarle juramento al abuelo y no sin ir a algunas familias vecinas, como la de Jacinto y otras que conocían al abuelo, para que estuvieran al pendiente de él. El abuelo durmió casi todo el día y la noche.

Al día siguiente, el abuelo amaneció con una laguna mental severa y, al ver el frasco de vitaminas que le había traído mi padre, fue y lo echó a los puercos. Cien cápsulas. Al rato, los cerdos se desbocaron y comían todo a su paso. Agredieron a algunas gallinas y mataron otras, derribaron matas de maíz y comieron sus mazorcas. Luego vinieron al rosal sin rosas de la abuela a terminar de atiborrarse con las ramas; pero el abuelo, se lo impidió a palos.

—¡¡Cómanse lo que quieran, menos esto!! —gruñía el abuelo.

El abuelo gritaba fuera de sí y no le fue fácil arrear a los puercos hambrientos a la porqueriza. Sus gritos se oían lejos; eran gritos erizados, enfatizados con palazos sobre los lomos de los pobres puercos. Regresó a ver el rosal y lo encontró escuálido; volvió a montar en cólera y, como un hombre simiesco, con su garrote de cavernícola, cazó y mató a veinticuatro cerdos dentro de la porqueriza.

—Lo que quieran, menos esto —decía y señalaba al rosal. Levantó la vista y fue cuando se vio frente a aquel marco de rostros de algunos compañeros de campo, quienes, con sus mujeres, sus hijos y sus perros, lo miraban con asombro desde la cerca. El abuelo caminó hasta la alberca pequeña, se metió a ella y sacó del fondo dos botellas de ron bien grandes. Salió y, chorreando agua, caminó a lo largo del patio con las botellas, las destapó, regó los puercos muertos con el licor, regresó a la cocina mientras recitaba «Lo que quieran, menos esto», y, tomando fuego del fogón, traspasó el patio y lo arrojó a los puercos en la porqueriza, que se volvieron una bola de candela en cuestión de segundos. Después se puso frente a los ojos incrédulos de sus vecinos y, señalando lo que quedaba del rosal, les dijo:

—Lo que quieran, menos esto —y se fue a tomar y a dormir hasta el día siguiente.

III

M I PADRE pudo llegar al rancho del abuelo pasado el mediodía del día siguiente. Lo encontró tendido en su hamaca, olía a sudor viejo, a ron y a tabaco.

—¡¡Upa!! —dijo el abuelo sorprendiéndose al ver a mi padre al pie de la hamaca.

—Viejo —saludó mi padre—, ¿cómo amaneces?

—Tuve un terrible sueño —dijo el abuelo—, soñé que…

—¿Que mataste a casi todos los puercos a garrotazos? —interrumpió mi padre.

—¿Cómo lo sabes?

—Porque no fue un sueño, en verdad lo hiciste.

—Ah —dijo el abuelo—, ¿y por qué lo hice?

—¿No te acuerdas, papá?

—No.

—Querían comerse la mata de rosas de mamá, dicen los vecinos, y tú no los dejaste.

—Sí, ya me acuerdo de los vecinos. ¿Me vieron, verdad?

—Sí —dijo papá—. Todos te vieron hasta que les prendiste fuego a los puercos, salvaron a los que pudieron, se encargaron de los quemados, limpiaron gentilmente la porqueriza y luego huyeron, asustados de ti. Alguno de ellos fue al pueblo y logró comunicarse conmigo, por eso vine.

—Ajá —dijo el abuelo incorporándose apenas y sentándose en la hamaca—. ¿Se asustaron, entonces?

—Así es.

—¿Ya estoy loco, hijo? —preguntó el abuelo y, al hacerlo, quebró su voz.

—No, hombre —dijo mi padre con humor—, todavía no.

—Sí, sí lo estoy —dijo el abuelo—, moriré loco.

—No viejo, no digas eso.

Mi padre pasaba su mano sobre la cabeza del abuelo, que se había puesto a llorar como un niño; mi padre también lloraba.

—No quiero morir loco, no quiero que digan que tu padre es un loco, no quiero avergonzarte, hijo.

—No me avergüenzas, papá, sabes, estoy orgulloso de ti.

—Pero, cuando te vean por ahí, la gente dirá: Mira, ahí va el médico, el hijo de Camacho, el loco... No te mereces esto, hijo.

—Viejo, no me importa lo que digan —dijo mi padre recuperando la serenidad.

—¿No?

—Viejo, solo estás enfermo. Si vinieras conmigo a la ciudad, te curarías.

—No —dijo mi abuelo—. ¿Qué hora es?

—La una —dijo papá.

—Es tarde. ¿Hay café?

Mi padre, al ver la intención de abuelo de incorporarse, le ayudó. El abuelo temblaba mucho.

—Ya te lo traigo, tú quédate tranquilo —le dijo mi padre.

—Quiero ver el rosal —dijo el abuelo. Salió al patio como pudo y primero orinó al pie de un árbol, al que casi desarraiga por la fuerza que imprimió en la micción.

—Vaya, casi lo tumbas, viejo —dijo mi padre al ver el cráter que se hizo al pie del árbol.

—Al menos me funciona bien la próstata, ¿no, doctor? —dijo el abuelo ya con otro ánimo.

—Eso espero —contestó mi padre mientras le acercaba la totuma con café tinto y caliente al abuelo. Papá también tomaba, pero con azúcar.

—Casi no dejan nada esos puercos —dijo el abuelo lastimeramente, mirando al rosal.

—Retoñará —dijo papá—. Siempre retoña.

—Si no se apura lo cogerá el verano.

—No creo —dijo mi padre.

—Creo que no debí matar a los pobres animales —giró el abuelo la conversación.

—No te sientas mal, papá.

—¿Por qué no? —dijo el abuelo, y tomó un sorbo de café.

—Se lo merecían, ¿no crees?

Mi abuelo volteó a ver a mi padre, quien dibujaba la primera sonrisa del día.

—¿Qué dices? ¿Por qué lo merecían?

—Es el rosal del amor, viejo. Un millón de cerdos finos no vale lo que él. Yo también los habría matado, no a unos tantos: a todos. Los habría sacrificado por haberse atrevido a tocar el rosal del amor.

—Bueno —dijo el abuelo en la misma dimensión jovial de mi padre—, todavía quedan unos en la porqueriza...

—Vamos a perdonarlos porque todavía queda rosal, viejo —dijo mi padre, que mezclaba una sonrisa con sus ojos anegados.

—Está bien —dijo el abuelo.

—Sabes, papá... Tu amor por mi madre marcó para siempre mi vida. Eso me hace sentir orgulloso.

Esa tarde mi padre hizo que el abuelo se diera un baño y luego comieron juntos. Partieron después una papaya madura, comieron la mitad como postre y el abuelo tiró el resto y las conchas a los puercos sobrevivientes en la porqueriza. Después se despidieron con un abrazo y la sensación mutua de que las cosas empezarían a cambiar. El abuelo vio alejarse a mi padre y regresó a ponerse al pie del rosal.

—Retoñarás —dijo. Y ahí se quedó el abuelo. No se percató de las horas que pasaron, que arriba, en el cielo, los astros ya habían asumido su forma, que la luz de la luna caía como un diluvio lácteo sobre el bosque deprimido, que la noche había soltado sus pájaros gruesos, y que el día en que mi padre le conversó sobre el rosal del amor ya se había ido hacia el ayer.

N O TE conviertas en pájaro —me dice el abuelo uno de esos días de vacaciones con él, extendiendo hacia mi su mano—. Da acá las semillas —se refería a las de la rebanada de papaya que yo consumía.

—Pero abuelo, tú me decías que eran buenas para los parásitos.

—Sin duda, pero yo soy campesino, no médico. Si te comes la semilla te volverás un pájaro.

—¿Un pájaro? ¿Cómo?

—Sí muchacho, un pájaro sin alas —dice el abuelo y me rodea los hombros con su largo brazo, y ya sé que va a soltar la madeja de su habla y que viene una disertación.

Son las ocho de la mañana, es domingo y estamos en la parte del patio que curvea hacia la parcela del abuelo. El perro nos sigue y las rosas de la abuela mecen su aroma. El abuelo camina y va soltando al vuelo las semillas que acabo de darle.

—El buen Señor les da comida a los pájaros, pero no les ha dado inteligencia como a ti, muchacho. Si se les da una fruta, harán un festín con ella y se comerán hasta la semilla.

—Los cerdos también lo hacen, abuelo; si les tiramos una papaya, no dejan nada.

—Sí —dijo el abuelo meneando la cabeza—. Tal vez tienen corazón de pájaros.

—Es cierto —digo yo como si eso fuera verdad.

—El caso es... —prosigue el abuelo y recalca— El caso es que cada fruto trae su semilla, y se nos concede el fruto, pero la semilla debemos devolverla, porque no es nuestra.

—¿Y de quién es la semilla, abuelo?

—Es para otros y para nosotros también, pero en otro tiempo. Cada cosa buena que tenemos o disfrutamos debemos considerarla como el fruto que el buen Dios nos da, pero no olvidarnos de que con esa bendición viene por lo menos una semilla y esta debemos devolverla y no comerla como los pájaros hacen. Un día esa semilla podría volver a nosotros con un fruto nuevo. ¿Comprendes, hijo?

—Bueno... explícame abuelo.

—Imagina que estás feliz por algo, ese sería el fruto. ¿Cual sería la semilla?

—No sé, abuelo.

—Tu risa. Si no ríes, nadie se beneficia. Debes sembrar sonrisas. Hay personas muy tristes en este mundo, no solo por su propia tristeza, sino porque los alegres son avaros hasta con la risa y se están tragando su alegría completa. Imagina —prosigue—, que tienes la oportunidad de hacerte un gran hombre, un especialista como tu padre; este sería un fruto muy dulce ¿Cuál seria la semilla en este caso?

—Pues no sé.

—Pues servir. Sobre todo a quienes no pueden pagarte.

—Pero abuelo, ¿y si luego vienen muchos que no pueden pagarme?

—Significa —dijo el abuelo inclinándose a cubrir con tierra las semillas que habían quedado untadas al suelo— que el buen Dios ha sido bueno contigo confiándote muchas semillas. Entonces, si se te conceden bienes materiales, dinero, riquezas, devuelve algo al terreno de los más necesitados. Hay muchos pobres en esta vida que de seguro vivirían mejor con solo las semillas de quienes tienen más. Pero, a veces, estos no solo se comen el fruto, sino hasta la semilla que no es de ellos. En esto se parecen a los pájaros.

—Entiendo, abuelo.

—Me alegra, muchacho. Queramos o no admitirlo, todo lo bueno que tenemos o tendremos, viene como de la mano del Eterno; pero, nuestro egoísmo hace que pensemos solo en nosotros y cuando vemos al prójimo caído nos figuramos que algo malo debió de haber hecho para estar en esa condición y, como nos está yendo bien y comemos el fruto de nuestra fuerza, no le damos ni la semilla de una palabra de ánimo o un consuelo. Después nos quejamos de que, en nuestros tiempos malos, nadie nos consuela.

—Pero, abuelo, hay gente que no se lo merece ni tampoco agradece.

—La semilla debe morir. Mira —dice y toma dos palitos del suelo, improvisa una cruz y la hinca sobre el lugar donde había sepultado una de las semillas de papaya; ambos estamos en cuclillas—. Si esta semilla no muere —prosigue—, no dará ningún fruto. Solo muerta lo hará, por eso la vamos a sepultar.

—¿Qué significa, abuelo?

—Significa que, una vez que siembras la semilla en cualquier terreno que no es el tuyo, esta ya no te pertenece, no tienes ningún derecho sobre ella y el resultado no depende de ti, y lo más probable es que no sea para ti. La semilla muere para ti y tú para ella. El Señor solo te hace responsable de sembrarla. Puede que nunca brote nada. Puede ser que dé un solo fruto o muchos. Tal vez, como la del mamoncillo, se convierta en un frondoso y robusto árbol; o, como la de la patilla, que siendo tan pequeñita, puede dar una gran fruta que por su tamaño tiene que arrastrarse por el suelo… Porque el tamaño del fruto —prosigue el abuelo— no depende a veces del tamaño de la semilla que sembraste.

—Tienes razón abuelo, la del aguacate es grande y la de patilla es pequeña, pero al final le gana la patilla al aguacate en tamaño.

—Por eso, hijo, no debes despreciar los pequeños actos de atención al necesitado, La sonrisa al triste, la palabra dicha en el momento justo al afligido y la devaluada moneda que pongas en la mano del mendigo; hazlo, porque nunca sabes el alcance de esa semilla sembrada.

~~~

Las palabras del abuelo tienen un gran sentido para mí y resuenan en mi mente al paso de los años. Él se parecía mucho a lo que decía. Lo recuerdo dando el último racimo de plátanos a alguno al que se le ocurrió pasar por ahí y pedírselo. Lo recuerdo haber hecho una excelente pesca un sábado en la ciénaga y volver quemado, pero contento; lo vi limpiar las quince o veinte mojarras que pescó, vaciarlas de nuevo al balde limpio y decirme: «Vamos, hoy comeremos afuera», y luego, al filo del mediodía, atravesar el arroyo seco, seguidos por el perro, para llegar al rancho de Jacinto, el cojo, donde está con su mujer preñada y sus diecisiete hijos. Lo vi dirigirse al frío fogón, poner a un lado el balde repleto de pescados e invitar a la mujer de este para que encendiera la estufa y cocinase. Los hijos, el mayor de diecisiete y el menor de meses, en brazos de su madre, sin camisas y sin zapatos y con costillas visibles, se aproximan y aprietan la ya estrecha cocina.

Jacinto y su mujer son un par de engendradores irremediables. Ellos, juntamente con sus hijos, representan el mayor porcentaje de población de la comarca.

—¿Y cuándo vas a parar, Jacinto? —pregunta el abuelo, refiriéndose a los hijos de la pareja.

—Hombre, Camacho, es que a esta mujer no la puedo mirar, porque queda preñada... —dice Jacinto chasqueando los dedos para explicarse; el abuelo mira a la mujer de Jacinto con respeto y esta muestra en su rostro un conato de sonrisa.

—Menos mal que te falta una pierna —bromea el abuelo. Jacinto había perdido una de sus piernas por un accidente.

La primera vez que vi a Jacinto fue el último día de las vacaciones antepasadas que pasé con el abuelo. Iban Jacinto, aun con sus dos piernas, conduciendo su vieja bicicleta; su mujer preñada, sentada en la parrilla, en la parte de atrás, protegiéndose del sol con un paraguas negro, con un pequeño en sus piernas, un bebé que era todo encías, pegado al seno, tratando de extraerle algún hilo de leche materna; en la barra de la bicicleta, entre el manubrio y las piernas de Jacinto, otro de los menores, los demás, que corrían en fila de a uno tras el vehículo tratando de ir a la par con la velocidad del mismo, parecían un camino de hormigas. Jacinto saludó con un grito y el abuelo respondió igual. Jacinto era de los pocos amigos generacionales que le quedaban al abuelo y se llegaron a apreciar mucho. Ese día había llegado al pueblo el registrador civil para dar la partida de nacimiento y Jacinto llegó con toda la prole para registrarla, pero el funcionario no trajo tantos registros y solo pudo inscribirse a la mitad de sus hijos.

—Ay, Camacho —dice Jacinto ese día sábado en que el abuelo y yo le visitamos llevando los pescados—. Me da pena que hagas esto, hombre.

Jacinto se apoya en su sola pierna y en un palo grueso que hace las veces de muleta. Tiene la otra pierna cortada a la altura de la rodilla.

—A mí no —dice el abuelo sin mirarlo, concentrado en que ya la mujer de Jacinto está ocupándose en poner la olla al fogón.

Jacinto hace un suspiro y mira lejos, sus ojos se aguan.

—¿Tienen bastimento? —pregunta mi abuelo.

—Tú, tú y tú —dice autoritario Jacinto a sus hijos mayores—. Miren a ver si arrancan una mata de yuca.

Los muchachos salen a cumplir su tarea y regresan arrastrando un racimo de yucas de las que perdonó el verano.

—Tú —dice Jacinto a otro de los mayores—, párate de la butaca para que se siente Camacho.

El muchacho se levanta como un resorte y el abuelo se sienta entre risas.

—Tú —le dice a otro, pero antes mira a mi abuelo y le pregunta—: ¿Quieres agua, Camacho?

El abuelo dice que sí con la cabeza mientras se abanica con su sombrero. Jacinto prosigue:

—Tráele agua a Camacho.

El muchacho va y mete una totuma al fondo de la tinaja, saca agua y la da al abuelo. Un día, Jacinto confesaría a mi abuelo que no tenía certeza de cuál nombre correspondía a cada hijo y por ello optó por señalarlos con el índice y llamarlos a todos por «tú».

—Tú —le dice al de siete años—, ve a ver si la puerca puso un huevo —dice, y yo muestro mi asombro abriendo los ojos y mirando al abuelo, quien ríe de esto—, y llévate a Camachito —prosigue Jacinto, refiriéndose a mí—, que te acompañe.

Ahora sí que la boca del abuelo se llena de risa. Yo voy al patio tras el muchacho, a quien, igual que a casi todos sus hermanos, le sobra ombligo. Nos inclinamos ante una cerda rosada, la única que ellos tienen, que se halla tumbada bajo la sombra de un totumo y buscamos el huevo que presumiblemente debió poner.

—Nada —dice el muchacho.

—¿No lo tendrá debajo? —le digo.

—No creo. Mi papá siempre me manda a buscarlo, pero nunca lo encuentro.

—Busquemos bien.

—No creo que lo tenga —dice él.

—Busquemos —insisto. Ahora hurgamos con un palo por debajo del trasero de la puerca.

—¿Vives en la ciudad? —me pregunta repentinamente el chico.

—Sí.

—¿Tú papá te compra esa ropa y esos zapatos?

Aquí perdí un poco de concentración, ya que él alcanzó a verme cuando miré de reojo sus pies, más sucios que las patas de la cerda.

—Sí —le dije incómodo.

—Un día mi papá dijo que me traería zapatos.

—¿Y te los trajo?

—No, porque un médico le mochó la pierna.

—¿Y tú vas al colegio? —le pregunto.

—No, ¿y tú?

—Yo sí.

—¿Y es bonito el colegio?

Ahora ya no buscamos ningún huevo, estamos en cuclillas, con la barbilla en la rodilla, y hacemos garabatos en el suelo o juntamos hojas caídas cada uno con un palo, al tiempo que
hablamos.

—Sí —le respondo—, nos enseñan muchas cosas, me sé la
tabla del seis, me sé las capitales...

—¿Y el seis como se hace?

—Así —le digo y lo dibujo en el suelo con el palo.

—Ah—dice—, parece el rabo de la puerca.

Yo le recito la tabla como la sé, de memoria.

—Entonces —me dice pensativo—, ¿cuál es la capital de todo
el mundo?

—Todavía no he llegado allá —le digo.

—¿No sabes?

—No —le digo.

—Yo sí sé —me dice.

—¿Cuál?

—Estados Unidos —dice.

—No sabía —le digo sorprendido.

—¿Y para qué va uno al colegio? —pregunta.

—Yo voy porque cuando crezca quiero ser piloto de avión.

—¿De los que vuelan?

—Pues claro, ni modo que...

—¿Y tú has visto aviones de cerca? —me interrumpe.

—Sí, mi papá me ha llevado a verlos al aeropuerto. ¿Y tú?

—Yo los veo cuando pasan de noche y brillan.

—¿Y cuando crezcas qué quieres ser?

—Sembrador —responde—, pero quiero sembrar matas que
no mueran nunca; porque aquí todas se mueren.

En eso, la mujer de Jacinto aparece en la puerta que da al
patio. Desde donde estamos, ella se ve como un grabado en
pared egipcia; flaca, de una sola dimensión, pero embaraza-
da. Nos llama para almorzar y acudimos corriendo. Mientras
almorzamos, Jacinto y el abuelo nos preguntan sobre el huevo

que debía haber puesto la puerca. Decimos que no había tal huevo y seguimos comiendo.

—¿Buscaron bien? —pregunta el abuelo con suspicacia, como para dar la idea de que ocultábamos algo.

—Sí, pero no estaba —dice el hijo de Jacinto.

—De pronto se lo comió la misma puerca, ese animal es mañoso —dice Jacinto.

—O vino la zorra y se lo llevó—dice el abuelo.

La mujer de Jacinto, mientras tanto, come en silencio sobre una hoja de plátano y concentrada en no tragarse una espina. Sus hijos, y todos los que cabemos, comemos algo mas de media mojarra sobre un mesón, en iguales hojas que han sido improvisadas como platos. Comemos de pie y a mano limpia. Todos somos más dientes que boca.

Cuando llega la hora de irnos, el abuelo le dice algunas cosas a Jacinto y este le vuelve a agradecer. Yo me despido moviendo la mano para todos. Cuando he avanzado algo desde el rancho de Jacinto me detengo y el abuelo me pregunta qué pasa y le explico lo que quiero hacer. Volteamos a mirar al rancho donde nos mira Jacinto y toda su familia todavía y, con la mano, el abuelo llama al hijo de Jacinto, el mismo con quien había ido a buscar el huevo de la puerca, y este viene corriendo. Me quito los zapatos y se los doy.

—¿Y qué te vas a poner tú ahora? —pregunta asombrado.

—Yo tengo otros —le digo.

—Bueno —dice. Y sale corriendo otra vez al rancho.

Yo miro al abuelo, que me sonríe, y caminamos un poco. Podría asegurar que el abuelo va más feliz por el camino que el hijo de Jacinto, pero no sabe expresarlo.

—¡¡Hey!! —le grito al muchacho dándome la vuelta descalzo. Mi grito le hace detener su carrera poco antes de llegar al rancho.

—¿Qué? —dice azorado y abrazando los zapatos.

—¿Cómo te llamas?

—No sé —grita—. Mi mamá me dice Miguel.

Mi abuelo me lleva el resto de camino alzado sobre sus hombros, cruzamos el arrollo seco y el perro flaco nos sigue, pisando por momentos en nuestras sombras.

Esa noche de sábado, el abuelo tomó una linterna de mano y volvimos a la casa de Jacinto, llevé algunas camisas para Miguel y sus hermanos menores. Miguel tenía puestos y bien acordonados esa noche los zapatos que le regalé, porque decía que sus hermanos se los querían quitar. El abuelo llevó su radio y sintonizó la emisora de onda corta que solía escuchar, donde un predicador explicaba un tema acerca de una pareja de jóvenes que iba a casarse porque se querían entrañablemente, pero el joven cometió una equivocación con otra mujer y fue obligado a casarse con esta. La novia oficial de este muchacho nunca se casó y, mucho tiempo después, su prometido enviudó y ella le fue a dar las condolencias. Ambos ya eran un par de ancianos, pero al verse se dieron cuenta de que todavía se amaban y, luego de un tiempo de mutuo galanteo, se casaron. El ya tenía ochenta y cinco años y ella, ochenta.

Luego, entre café y pedazos de pan que llevó el abuelo, me fui quedando dormido sobre sus piernas y no me percaté de en qué momento el abuelo, conmigo a cuestas, volvió a la casa.

Esa noche, Miguel se acostó y durmió con los zapatos puestos y, mientras su madre lo mecía en la hamaca, tuvo un sueño en el que se vio a sí mismo volando en el ala de un avión que lo llevaba a todas las capitales del mundo, siendo recibido por gentes de diferentes rostros y ropas, que querían saber. Porque, según ellos, Miguel había descubierto una semilla que se multiplicaba como la tabla del seis, que no moría ni con el frío ni con el calor y que, cuando se sembraba en los desiertos, estos florecían y que, cuando se sembraba en los páramos, traían la primavera. Miguel era muy feliz en su sueño; porque, cuando observaba sus pies, tenían zapatos.

V

DESDE QUE era solo un niño, al abuelo le dio por desempeñar una serie de oficios y tareas insólitas hasta su juventud. Vivía con sus padres en una población cercana al mar y estudiaba en la escuela pública. A los ocho años, iba al monte y, valiéndose de una resortera, cazaba iguanas para extraerles los huevos y luego venderlos a consumidores que les atribuían poderes afrodisíacos. Cierta vez, haciendo esto cerca de un arroyo, pasó de cazador a cazado. Una iguana adulta y violenta, como de un metro y medio de la cabeza al rabo, actuando en venganza, se le vino encima desde lo alto de un árbol y se enfrascó con el cazador, en un combate cuerpo a cuerpo que duró una hora, y del cual el abuelo, niño apenas, salió bastante magullado. Este incidente hizo que se alejara de la cacería de iguanas.

A sus nueve años, el abuelo se instalaba bajo un árbol en el patio de la casa, con una mesita y un banco para hacer sus deberes escolares. Su madre por lo general estaba en la cocina, desde donde lo vigilaba. Por el portillo de la cerca del patio entraban con sigilo, cada día, uno que otro niño.

—¿Qué fue? —preguntaba el abuelo al muchacho de turno.

—Pablito —decía, por ejemplo, el niño.

—¿El hijo del panadero?

—Sí, ese —decía el niño.

—¿Qué te hizo? —Volvía a preguntar el abuelo.

—Me quitó un canario con todo y la jaula.

—Diez centavos —decía el abuelo sin quitar la vista de sus tareas.

—Solo tengo cinco —decía, por ejemplo, el muchachito.

—Dame ocho —regateaba el abuelo.

—Bueno.

—Ponlos aquí, que mi mamá no se dé cuenta.

El chico miraba hacia donde estaba la madre de mi abuelo y con disimulo depositaba en la mesa las monedas.

—Ponte mi gorra y siéntate aquí —decía el abuelo a su cliente—, termina de hacerme estas sumas y, si mi mamá me llama, no contestes. No me demoro.

El abuelo salía por el mismo portillo de la cerca por el que entró el muchachito. El chico se colocaba la gorra del abuelo y se ponía a escribir y a esperar a que regresara.

El abuelo buscaba, preguntando por Pablito, el hijo del panadero, hasta que lo encontraba. Pablito era mayor que el abuelo y de contextura robusta, el típico hijo de un panadero. El abuelo lo encontró, pero Pablito nunca andaba solo, sino con varios muchachos traviesos como él, y sostenía en sus manos la jaula con el canario.

—Vine por el canario —dijo el abuelo con decisión.

—Quítamelo —dijo Pablito tratando de ponerse en guardia.

—Bueno —dijo el abuelo y como un rayo le asestó un puñetazo a Pablito que le hizo saltar la sangre de las narices.

Los otros niños que acompañaban al muchacho salieron corriendo, mientras este gritaba lloriqueando:

—¡¡Quítenle la piedra, quítenle la piedra de la mano!!

El abuelo recogió la jaula y al canario en ella, cruzó la distancia hasta su casa, entró por el portillo del patio, entregó la jaula al niño aquel que lo esperaba ansioso y que ya había terminado de hacerle la tarea.

—¿Me llamó mi mamá? —le preguntó.

—No —dijo el niño. Y se fue contento.

Casi al minuto, llega la mamá de Pablito, con él tomado de la mano y un resto de niños a la casa del abuelo a poner querellas.

—Mire —decía la señora—, mire lo que su hijo me le hizo al niño con una piedra.

—¿Mi hijo? Pero, si él no se ha movido del patio.

—Él fue, mami —decía Pablito.

El abuelo, sabedor de todo, se hacía ver absorto bajo la sombra del árbol, con un lápiz dándose golpecitos en los labios.

—Fue Camachito —decía el resto de niños.

—Hijo, ven —gritó mi bisabuela.

El abuelo cerró el cuaderno con el lápiz dentro y, con una calma impresionante, sin una onza emocional, llegó caminando hasta donde estaban todos.

—Él fue —gritaron Pablito y los niños.

—¿Yo fui qué?

—Me partiste la nariz con una pedrada —decía Pablito.

—No —dijo el abuelo con calma—, yo estoy haciendo mis tareas desde esta mañana.

—Me consta —dijo mi bisabuela.

En un descuido, mi abuelo aprovechó para mirar con sus ojos verdes, mostrarles los dientes y atemorizar con el puño a los chicos que acompañaban a Pablito.

—¿Ustedes me vieron? —preguntó finalmente el abuelo a los muchachos ya amedrentados. Ellos comenzaron a negarse.

—Señora no venga aquí a indisponer a los hijos ajenos. Eso es malo —dijo la madre de mi abuelo.

Ya a la mamá de Pablito la asaltaba la duda, así que lo tomó por una oreja y se lo llevó remolcado, dándole pescozones. Normalmente, ahí terminaban las cosas. El abuelo se volvió el defensor de los pequeños y el rescatador de objetos. No le importaba al abuelo que el enemigo a enfrentar fuera más grande o corpulento, él lo enfrentaba y, por lo general, salía bien librado. En un día normal, por lo menos hacía diez rescates de este tipo. Lo que nunca podía superar después era la mirada omnisciente de su madre, evaluándolo en silencio.

Cuando el abuelo tenía unos doce años, vino una feria al lugar donde vivía y ahí se presentaban combates de boxeo para aficionados. Pagaban unos pesos a quien lograra permanecer en pie o derrotar a casi diestros combatientes. El abuelo se anotó, sobre todo, porque representaba más edad por su estatura; pero le hicieron firmar un papel en el que eximía de responsabilidad a los organizadores si recibía un mal golpe o quedaba con secuelas. Esa noche salió mi abuelo al tinglado, en ropa de boxeo, pero sin guantes. Su rival era casi un hombre, quien lo recibió con un golpe directo a la cara; el abuelo se recuperó enseguida y prácticamente voló a lo largo de su cuerpo y ejecutó un demoledor golpe curvo que explotó justo en el enclave de la oreja izquierda con la mandíbula de su rival. Este no solo perdió el equilibrio, sino que cayó pesadamente y dando muestras visibles de mucho dolor. Hasta el público sintió el golpe. El abuelo se retiró a su esquina mientras atendían al otro boxeador, quien dolorosamente balbuceaba: «Quítenle la piedra de la mano, quítenle la piedra de la mano...».

A partir de ahí, el abuelo hizo una breve carrera en los rines. Aunque le obligaban a mostrar las manos para demostrar que no tenía ninguna piedra en ellas. Fueron muchos los que mordieron la lona ante la contundencia de los golpes del muchachito espigado aquel que era mi abuelo. Con algo de lo que ganó en sus presentaciones boxísticas, se compró un gallo fino, de pelea, y comenzó entonces a recorrer muchos lugares con su gallo bajo el brazo y exhibiéndolo en combates. Pronto, tanto el abuelo como su gallo adquirirían renombre. Quienes lo conocían de antes y sabían de la potencia de sus puños, llegaron a decir: «De tal palo, tal gallo».

En ocasiones, el abuelo llegaba a sitios donde no era conocido y se valía de algunos amigos; de ellos, uno representaba el papel de dueño del gallo y los otros debían mostrarse como apostadores casuales. Presentaban al gallo del abuelo como si fuera uno desconocido, amateur y que no pertenecía a ninguna cuerda gallística importante. Mientras, el abuelo y otros amigos diseminados por ahí, intimaban con incautos apostadores que solían preguntar:

—¿Y cuál es el gallo bueno?

—El rojo —decían, por ejemplo, el abuelo y sus compinches refiriéndose al gallo rival.

Los apostadores hacían sus apuestas a favor de este y en contra del gallo del abuelo, al cual llamaban «el gallo malo». Los cómplices hacían lo propio, pero a favor del gallo del abuelo. Después del combate, cuando el supuesto gallo «bueno» quedaba reducido, los apostadores que perdían increpaban al abuelo y sus amigos.

—Nos dijeron que el gallo muerto era el bueno y que este que ganó era el malo.

—Pero es la verdad —decía el abuelo—. Este gallo ganador es bien malo, tan malo es el malvado, que mató al otro.

Después, los cómplices se veían en otro lugar y repartían las ganancias.

El abuelo siguió con su gallo en el negocio de las peleas hasta que un día este, tal vez aburrido de estar permanentemente debajo de su sobaco, tal vez histérico de tanto que lo sobaba, estiró el cuello y le dio un picotazo al ojo que casi lo entuerta. El abuelo sangró profusamente y fue vendado. Pero se recuperó y, apenas pudo, fue hasta la jaula del gallo, donde estaba este con una pose de divo, lo sacó, le retorció el pescuezo y se hizo un caldo con él. Ese día vinieron muchos a asomarse por las ventanas y la puerta de la casa para mirar lo increíble: al joven gallero comiéndose su propio gallo, mientras, por el ojo que no tenía vendado, dejaba salir sus lágrimas. Mis bisabuelos sonreían, pensando que ahora sí se aquietaría por un tiempo. Sin embargo, ahí no pararía aquel afán de aventuras que tenía el abuelo, que parecía poseído por una inquietud migratoria, como la de ciertos pájaros.

Cuando andaba ya por sus quince años, llegó un circo pobre al pueblo, de esos que se despiden muchas veces antes de irse verdaderamente de un lugar. Mi abuelo quedó encantado con los actos del payaso, quien era el administrador del circo y al mismo tiempo hacía de trapecista, equilibrista, y domador: un argentino escuálido, como de sesenta años y aparentemente agradable. Esa noche, la función consistió en el argentino, vestido de payaso, cantando de entrada una triste canción que se refería a un colega suyo. Con voz amplificada y haciendo con sus manos como que tocaba un piano, cantó como cuatro veces la canción completa.

Su canto y sus gestos, falsificados con tanto esmero, eran la evidenciación de algo. Aunque interpretaba su triste canto con cierta gracia didáctica, modificando su mirada, haciendo esas ridículas órbitas flexibles con los labios y tecleando su imaginario piano, mucha gente se convenció que el individuo tenía su par de neuronas fuera de lugar. El público, que había acudido al circo, tratando de escapar de una tarde aburrida, tuvo que soportar los dobleces de tragedia que el payaso le dio a la canción. Cada vez que terminaba, la gente se quedaba en silencio, lo cual era interpretado por el payaso como respeto y se ponía a hacer venias con las manos y la cabeza y retomaba la canción con tanto dramatismo como si estuviera cantando una escalofriante pesadilla. Terminó con un lagrimeo compulsivo que doblegó su cuerpo y ante el silencio, se fue recuperando.

Luego, sin dejar que el público se repusiera de la tristeza, anunció a las equilibristas, según él, más equilibradas del mundo. Salieron dos muchachas a caminar en lo alto de una cuerda y luego regresaron de donde partieron balanceándose con una larga vara por aquella línea delgada. El público aplaudió. El payaso anunció entonces un acto con chimpancés. Estos salieron vestidos, el uno con corbatín y el otro con ropa de niña, una blusita y una minifalda. Una mujer enana los conducía, les hizo tomarse de la mano y bailaron una música triste que sonaba en el fondo. El público aplaudió, pero no se sabe si a los chimpancés o a la mujer enana, quien bailaba a la par de ellos. Luego de esto, el payaso anunció un acto, en palabras de él, «peligrosísimo». El público estaba expectante.

—Damas y caballeros —dijo—, niños y niñas, prepárense

para ver un acto... —hizo pausa, mirando lejos y con una mano alzada, y siguió—. Un acto inverosímil, un acto que les helará la sangre en las venas, un acto que les dará pesadillas esta noche —luego sacó un enorme picahielos de su cintura y lo mostró, se oyó un «¡oh!» en el escaso público. El payaso siguió.

—¡Sí! —dijo—. Un acto que a todos les hará decir: «oooh». ¡Sin más, con nosotros, el traga sables!

Salió un jovencito corriendo azorado, con el miedo oculto tras un maquillaje de mimo, y se paró al lado del payaso.

—Bien —dijo el payaso—, nuestro amigo, y delante de todos, para que nadie diga que no, se tragará por sus narices este escalofriante y frío picahielos.

El público se acomodó, cada uno en su asiento, con más expectativas que antes.

—Es que no tenemos sable —dijo el payaso como encogiendo la sonrisa, tratando tal vez de hacer gracioso el momento.

El muchacho con cara de mimo no podía ocultar los nervios.

—¡Ven aquí! —gritó el payaso. El muchacho se acercó—. Yo voy a ayudarlo —dijo el payaso y pasó su mano izquierda por la nuca hasta la barbilla, lo sujetó fuerte y le elevó la cabeza.

—No —alcanzó a decir el muchacho muy quedamente.

El payaso miró las pupilas de terror del joven y le dijo:

—Solo aguantá la respiración y ya.

El payaso, notando que había perdido contacto con el auditorio y que tal vez empezaron a notar el miedo del mimo, se dirigió a ellos.

—¿Qué les parece? —preguntó fuerte, con su misma voz raspada—. Tiene miedo. Un chico que, cuando más pibe, dejó a la mamá sin cucharas y sin cuchillos porque se los tragaba.

El público comenzó a reír. El payaso aprovechó esa buena respuesta para seguir haciendo teatral el momento.

—Un día robaron la ferretería del pueblo, todo se perdió, clavos, varillas, ganchos y adivinen quién se comió todo eso... Este pibe.

El público seguía de buen humor, el payaso prosiguió:

—Duraron un año sacándole todos esos hierros del cuerpo.

Muchos del público se retorcían de la risa, tal vez por los chistes del payaso, por su cara, por la cara de miedo del niño aquel o por la combinación de todo.

—Puedo asegurarles —continuó— que anemia no tiene. Tiene mucho hierro en la sangre.

Todo esto lo dijo el payaso sin dejar de sujetar con su mano la cabeza alzada del muchacho.

—Vamos al acto —gritó levantando el picahielos y dirigiéndolo a la cara del muchacho, que se había quedado quieto; comenzó a meterlo con precisión por una de las ventanas de la nariz—. Quietito —susurraba el payaso.

Un hilo de sangre comenzó a asomarse por el hueco de la nariz del chico, quien, por instinto, trataba de frenar las manos del payaso. Este le levantaba firme la barbilla. No se oía ni la respiración del público. El payaso soltó el picahielos, levantó la mano, gesticuló con ella unos círculos en el aire. El público se atrevió a aplaudir. El chico sangraba mucho. El payaso extrajo el picahielos de un tirón. Había sangre en él.

—Ve a lavarte —le susurró.

El chico salió corriendo con una mano en la cara, no sin antes tener que hacer la consabida venia al público que aplaudía. El payaso también hizo la venia y terminó la función.

Mi abuelo, luego de la función y de que la gente se fue, se acercó tímido al lugar donde las dos equilibristas desmaquillaban al payaso.

—Hola —dijo el abuelo. Nadie respondió.

—Hola —insistió.

—¿Qué querés? —preguntó el payaso, a medio pintar.

—Quiero trabajar en el circo —respondió el abuelo.

—¿Ah sí? —dijo el payaso—. ¿Y que sabés hacer vos?

—Bueno, no sé, puedo aprender, señor...

Y era cierto, el abuelo se adaptaba rápido al trabajo que le exhortaban a hacer. Pero ni el payaso ni las dos mujeres miraban al abuelo todavía.

—Soy muy inteligente, dice mi mamá, y hago tercer grado de secundaria... —terminó de decir el abuelo.

El payaso, ya sin maquillaje, volteó a mirar al atrevido aquel que era mi abuelo y, con una acidez que este no notó, le dijo:

—Sos exactamente lo que ando buscando. ¿Pero, dónde te habías metido vos? —ironizó. Y blandiendo una sonrisa cómplice de guasón con las maquilladoras, como si tuviera la obligación de parecer extraño, dijo: —Este pibe llegará muy lejos —y, dirigiéndose al abuelo, le dijo—: Venite mañana a las ocho, chico inteligente.

El abuelo regresó a casa, se acostó, pero poco durmió. Se imaginaba ya haciendo malabares o domando al viejo tigre rayado. Y, pensando en esto, se fue quedando dormido y soñó con el argentino y con ese acento nuevo que por primera vez escuchaban sus oídos: *¿y qué sabés hacer vos? Venite mañana, pibe*. Y soñó también con un traje galáctico que le entregaban en sus manos y con el que se vestiría para siempre.

El abuelo llegó a las siete, pero le tocó esperar hasta que el argentino payaso mandara a llamarle, como a eso de las diez. Cuando lo tuvo cerca, el payaso le felicitó por llegar puntual.

—Así me gusta —le dijo, tratando de parecer de buen humor, y llamó a la mujer enana—. Traele sus herramientas al chico.

El abuelo imaginó un vestido de colores, ajustado al cuerpo. Al momento, llegó la mujer enana con un balde con agua espumosa, un cepillo y una pala, y lo entregó todo al abuelo.

—Tenés que comenzar por abajo, chico. Ve a limpiar la jaula y el trasero del tigre. ¿Ves a la mujer enana? Ella empezó por abajo; claro, que todavía está por abajo... Ja, ja, ja.

—Pero... —dijo el abuelo sin entender el chiste.

—Pero nada. Luego hacés otro tanto con los traseros del gorila y los chimpancés.

Como el abuelo todavía estaba sin reacción, el payaso, mostrando el hacha de su dentadura, le dijo:

—¿Qué esperabas, ah? —Y, llamando a un jovencito harapiento, como de la misma edad del abuelo y con vendas en las narices, le dijo autoritario—: Ve y mostrale a este pibe cómo se hace.

—Ven —dijo el muchacho.

El abuelo lo siguió y, cuando llegó a la jaula del tigre, ya se había convencido de que así eran las cosas. Era rápido para conjugar los verbos del trabajo, la voluntad y el compromiso.

—¿Vamos a entrar? —preguntó el abuelo ante la jaula que guardaba al tigre.

—Ajá —dijo el muchacho—. No te preocupes, no muerde. Está aquí desde que era un cachorro. Un cazador mató a la mamá y se quedó con él; luego, lo vendieron al circo. Por eso es mansito —explicó el chico, tiró agua al trasero del tigre que ni se inmutó y comenzó a restregarlo con el cepillo—. Tú recoge la caca y bótala lejos.

El abuelo se quitó la camisa, tomó una palada de estiércol y salió de la jaula para deshacerse de él. Lo hizo varias veces hasta acabar. La mujer enana lo observaba y se mordía los labios morbosamente.

—¿Cuánto llevas aquí? —preguntó el abuelo al chico.

—No me acuerdo.

—¿Y ya te ascendieron? —preguntó el abuelo.

—¿Cómo así?

El chico hablaba sin dejar de hacer su tarea, el abuelo peinaba el cuerpo del tigre.

—Que si ya eres trapecista o domador...

—Sí —dijo el chico con sarcasmo y poniendo un dedo en su nariz vendada—, soy el traga sables. Vamos a la jaula de los chimpancés —añadió—. Ten cuidado, a veces se ponen agresivos.

—¿Qué hacen los otros muchachos? —preguntó el abuelo.

—Buscan gatos o perros, a ti también te tocará.

—¿Y para qué?

—¿Qué crees que come el tigre, carne de primera? Mira —señaló desde lejos la jaula del tigre, a la que dos chicos arrojaban desde un saco un perro moribundo. El tigre lo terminó de matar sin mucha prisa, hundiéndole los colmillos en el cuello, como si mordiera una fruta.

—Hacemos un favor en cada pueblo que llegamos de limpiarlos de perros callejeros y de gatos sarnosos —contaba el chico riendo.

El abuelo se hizo solidario con su risa y, cuando hubieron aseado a un gorila, terminaron de hacer su tarea.

VI

DISFRUTO MUCHO de cada cosa que el abuelo me cuenta. Parece un hombre hecho de recuerdos. A veces colgaba dos hamacas a la sombra del amplio balcón superior de la casa y, mientras nos mecíamos, drenaba parte de su pasado. A veces colgaba las hamacas, luego de almorzar, en el patio, bajo la sombra de algún árbol. Yo, mientras, me daba mecidas y me imaginaba como dentro de un gran arco iris de tela, esquivando de mis ojos las yemas de luz solar que se colaban por el ramaje. Por lo general me contaba su vida en las noches. Varias veces, sé que se quedó hablando solo, porque yo, luchando con el sueño, me dormía y despertaba y ya el abuelo estaba en una parte del relato que no tenía nada que ver con lo último que le había escuchado. Muy a pesar de la firme dicción del abuelo, yo terminaba contagiado de bostezos y rendido de sueño. Una noche, mientras el abuelo me comentaba lo del payaso y estábamos en el balcón, una centella rayó el aire de lejos, de más allá del río. El abuelo se incorporó y dijo:

—Ya era tiempo.

—¿Va a llover abuelo? —pregunté con un bostezo.

—Quiera Dios que sí —y añadió—, lo he estado pidiendo en mis oraciones.

Yo me fui a dormir. Él se quedó mirando en aquella dirección y le vi desde mi hamaca elevar las manos y murmurar algo como una plegaria. No me di cuenta, porque me dormí, de que al rato sopló una brisa fría, de agua, y el abuelo la disfrutó solo desde su balcón; pero el aguacero que la traía naufragó muy lejos, más allá del río, en las montañas. Después de oír un rato la rutina de los grillos y ver a un pájaro gordo salir del túnel de la noche, el abuelo encendió la radio, se acostó y se fue quedando dormido. Mientras tanto, por entre los cañaverales seguía corriendo el viento y las hojas caían en el silencio de la ciénaga, haciendo ondas. La radio quedó encendida, oyéndose a sí misma hasta la mañana. Todo aquello, el rayo distante, el olor a lluvia en la brisa, los grillos frenéticos y lo que decía el predicador de la radio, provocó en el abuelo un sueño en que se vio caminando en una tierra bendecida de algodones: kilómetros y kilómetros, un mar de copos, como en los que trabajó de joven, que apretaban la sabana; después se miró que corría por entre maizales, con mazorcas golpeándole el rostro, y mas allá trigales; vio aquellas montañas, más allá del río, que parecían barcos anclados, tolerando en su suelo árboles frutales; y contempló, en el patio de su sueño, las rosas de su amada, encendidas como faroles.

Esa mañana me desperté aún oscuro, no se veía bien el contorno de muchas cosas. Todavía, un saldo de noche rodaba por los techos. Miré la hamaca del abuelo y estaba vacía; quería decir que ya estaba en pie. Bajé hasta la cocina y, en efecto, el abuelo, con una regadera en las manos, echaba agua al rosal y cantaba aquella canción que alguna vez le escuché en la ciénaga.

> Ya no es imaginación
> El perfume de la flor
> Yo no sé, no sé que pasa
> Pero ayer brotó.
> Ya no existe el temor
> Sino vida sin dolor
> Solo sé, la ra la la...[2]

Lo saludé como siempre, con bostezo incluido.

—Buenos días, muchacho,¿dormiste algo? —me respondió.

—Sí señor —le dije—. ¿No llovió anoche, abuelo?

—No, pero está llegando —contestó y me extendió un café.

—Primero me cepillo los dientes —le dije. Tomé el cepillo de dientes y la crema dental, la exprimí y le comenté:

—Ya esta se acabó.

—Hoy iremos a comprar cosas al pueblo —dijo el abuelo.

Eso me alegró mucho, porque generalmente el abuelo camina cuando va al pueblo y, mientras lo hace, aunque se toma sus descansos, me cuenta su vida. Ya quería saber el resto de la historia del payaso y del circo. Me tomé un poco de café. El abuelo parecía optimista, más alegre que otras mañanas. Luego, ya con el sol afuera, tomamos un baño, desayunamos y nos pusimos en marcha. No habíamos avanzado mucho, cuando pregunté:

—Abuelo, ¿y qué pasó después con el circo y el payaso?

—Bueno —comenzó él—, ese día salí a cazar perros y gatos para el tigre y en la noche hubo función. Mucha gente que asistía fue víctima, o mejor, sus mascotas, fueron víctimas de nosotros. Porque muchos de los perros o de los gatos en verdad eran callejeros, pero otros tenían dueños. El payaso nos enviaba a varios a corretear por las calles, bien temprano o ya tarde en la noche, aprovisionados de sacos y garrotes, y cuanto perro se nos cruzaba lo encendíamos a palo y lo metíamos en los costales. A veces, los animalitos quedaban solo inconscientes y el tigre terminaba de hacer el trabajo. A veces morían de un solo golpe que les dábamos y de igual modo servían de comida para el tigre.

»Pero poco a poco me fui dando cuenta de que aquel payaso era un individuo oscuro, siniestro. El término payaso le quedaba grande, como sus bombachos o sus zapatos. Fui descubriendo que hacía reír a la gente con bromas pesadas o chistes obscenos, pero que él mismo padecía de una aberrante falta de buen humor. Era un payaso sin vocación, maldiciente, amargado y gritón que nos mandaba a los chicos a hacer el trabajo sucio y él cobraba por la función y guardaba el dinero. Nos daba unos centavos y decía que teníamos que pagar por estar en las funciones, que eso no era gratis; después, se excusaba diciéndonos que era por nuestro bien, que así adquiriríamos carácter y aprenderíamos a convertirnos en verdaderos hombres, hombres de bien. Le gustaba zurrar a los muchachos por la más mínima falta y les castigaba haciéndoles pasar hambre; y siempre era para que aprendieran. Yo decidí que nunca aceptaría sus golpizas en nombre de la pedagogía.

»—¿Por qué les pega? —pregunté una vez a uno de los muchachos.

»—Porque es nuestro papá —dijo.

»—Su papá, pero no hablan como él —le dije.

»—Eso es lo que más rabia le da. De todos modos, él nos mantiene y dice que es nuestro padre.

»Aquellos muchachos no sabían nada de su pasado o, mejor, si miraban su pasado lo que podían recordar era un destartalado circo, la cara de guacamaya del payaso, la irregular anatomía de la mujer enana, la tristeza de las equilibristas y la falsa agresividad del tigre aquel. Los únicos que parecían estar contentos eran los chimpancés, sobre todo cuando los estimulaban con plátanos podridos. Yo también me fui enterando de tanta decadencia. Sin embargo, el payaso, cuando me veía desmotivado me entusiasmaba diciéndome que, si hacía bien mi oficio, me premiaría, dejándome ser payaso alguna noche, o trapecista. Así me mantuvo expectante hasta que el circo, como dos meses después que comenzara a anunciar su última semana en aquel lugar, se marchara definitivamente del pueblo. Días antes de la partida, el payaso nos reunió a todos y dijo que el circo iría hacia nuevos horizontes, que habían llegado nuevos tiempos y que la fortuna nos esperaba con los brazos abiertos a todos en otro lugar. Contó que ya venían jirafas y leones que había encargado directamente de África; que venían también un hombre bala y un hombre elástico desde un remoto lugar llamado Ucrania, para reforzar el espectáculo. Pero dijo que todos éramos importantes en su circo, que si tuviera que escoger entre las novedades y el personal que ahora tenía, se quedaba con nosotros, porque nos llevaba en el corazón. Yo mismo estaba conmovido, nunca nadie me había hecho sentir tan especial.

»—Camacho, ¿vendrías vos con nosotros? —me preguntó de pronto el payaso, haciendo una cara que me enterneció, y me di cuenta de que todos me miraban. Los chicos maltratados, las equilibristas, la enana, que me guiñó el ojo...

(Aquí el abuelo ríe. Mientras relata esta parte vamos pasando al frente de la ciénaga, veo la barca en la que pesca. Creo ver una hoja marrón que vuelve a su rama. Luego compruebo que se trata de un pájaro que alzó desde el suelo su vuelo. Son las ocho y el abuelo sigue.)

»—Dije que sí, sin consultar a mis padres. Aquella noche que el circo se fue del pueblo, yo también me fui. No dije adiós a mis padres sino a través de una nota. Imagino que pensarían que sería otra de esas locuras mías. Por casi tres años viajé con esta pobre compañía circense, recibiendo devaluadas monedas del payaso por limpiar traseros de animales, por asear su camerino, pese a sus terribles regaños, y por seguir cazando perros y gatos para alimentar al tigre. Lo hacía porque estaba esperando mi turno de actuar.

»Un día, en un lindo pueblo cercano a aquí, el circo abrió sus puertas y hubo lleno total. Como de costumbre, el presentador, que era el mismo payaso, hizo la presentación de todas las atracciones. A mí me tocaba estar detrás de escena, mirando que el tigre y los chimpancés estuvieran listos en su momento y avisando a cada uno cuando le tocaba su acto. El payaso empezó:

»—Damas y caballeros, niños y niñas, bienvenidos sean todos ustedes al mas grande espectáculo del mundo —presentó, y en mayúsculas dijo—: EEEEL CIRCOOOO.

»La gente aplaudió y yo hice señal con la mano de que todos estuvieran listos.

»—Ahora —prosiguió— tengo el gusto de presentarles a los payasos malabaristas.

»Enseguida, por una señal mía, entraron a escena dos chicos flacos, pintadas sus caras, cada uno con cuatro pelotas de goma, improvisando malabares, esbozando sonrisas forzadas. Pero, así que empezaron, las pelotas se les cayeron y el payaso montó en cólera y casi no podía articular bien las palabras.

»—Pero, ¿qué les parece? —preguntó al público— ¡Son unos retrasados mentales, estos pibes! —Y continuó—: A ver, griten todos: ¡Castigo! ¡Castigo! ¡Castigo!

»La gente lo hizo y, sin más, se les abalanzó y les correteó por la pista del circo pegándoles tremendos puñetazos. El público creyó que eso era parte del espectáculo y aplaudía.

»Esa noche, cuando ya toda la gente se había ido, el payaso convocó a una reunión en la que terminó de castigar a los muchachos con sendos puñetazos, al tiempo que les decía que, si al siguiente día no venía nadie, los rociaría con sangre de perro y los echaría vivos al tigre. La pobre enana sollozaba, el resto guardaba silencio. Me disgusté y él lo notó. Me miró desafiante al principio y enseguida cambió su actitud. Yo casi lo igualaba en estatura.

»—Camacho, mañana es el día tuyo —me dijo.

»El gran bellaco sabía como amainarme. Realmente logró apaciguarme, así que me fui a dormir con esa expectativa. Al siguiente día me levanté temprano; todos teníamos que hacerlo, porque cuando el jefe se despertaba, a eso de las diez, debía encontrar todo limpio y en orden. En un receso, antes de la función de la noche, la noche de mi debut, me puse a conversar con los chicos golpeados y terminamos teatralizando la escena y, entre risas, yo hice el papel del gran payaso jefe gritando: «son unos retrasados». Los chicos reían a pesar de todo. Las equilibristas, y hasta la enana, soltaron su risa. Éramos, en ese momento, como el circo en el circo; era divertido. De pronto, todos guardaron silencio y se quedaron petrificados, la enana huyó con sus pasitos cortos, yo seguí riendo sin sospechar nada. Cuando reaccioné y volteé a mirar, ya era tarde. Atrás de mí estaba la cara de payaso más iracunda que jamás veré. Todavía no sé con qué me golpeó el jefe, lo que recuerdo es que gritó «¡De mi nadie se ríe!», y me desplomé.

»Cuando desperté tenía puesta una ridícula ropa de payaso. Las equilibristas me maquillaban con esmero y la enana me miraba con ternura sosteniendo mi gorro fosforescente. Traté de incorporarme, pero las mujeres me recomendaron que ahorrara fuerzas para mi debut. Ya oía afuera las voces del público.

»—Ya casi viene tu turno —me dijo una de las equilibristas.

»Yo estaba callado, me levanté para mirarme la cara en un espejo y, a pesar del maquillaje, había una rueda violeta debajo de mi ojo derecho, producto del golpe.

»—Payaso desgraciado —dije.

»—No digas nada, porque es peor —aconsejó la otra equilibrista.

»—Ya veremos —contesté.

»Me dispuse para salir al escenario en cuanto se me indicara. Podía ver al payaso diciéndole al público tonterías, tratando que la gente se divirtiera. Yo estaba listo, aunque no sabía lo que iría a hacer; por lo general, los últimos actos consistían en seguirle la corriente al payaso mayor y dejarse dar patadas o puñetazos por él.

»—Damas y caballeros, niños y niñas —me anunció—, tengo el gusto de presentarles al único, al incomparable, al inigualable… Caaamaachíiin. Un aplauso.

»La gente aplaudió sin garbo mi salida. Cuando estuve cerca de él, le vi que traía dibujadas unas lágrimas como de dos pulgadas y media en las mejillas.

»—Quedate ahí, vos —me dijo frenándome por el hombro. Y siguió hablando al poco público—. Estoy muy triste —dijo y se puso a hacer pucheros falsos, neceándose con las manos el botón inferior de su camisón. Y siguió—: ¿No van a preguntarme por qué estoy triste?

»—¿Por qué estás triste? —gritó una voz de niño en las gradas y enseguida alguien más.

»—Estoy triste —siguió, mientras señalaba ahora con sus largos dedos índices las lágrimas quietas de su cara—, estoy triste porque uno se da todo, se desvive por sus hijos y estos nos traicionan cuando se ven grandes. ¿Creen ustedes que eso está bien?

»Yo solo miraba hacia abajo, presentía que lo decía por mí. Un coro de "nooo" se oyó en las gradas.

»—Por ejemplo, hoy Camachín —siguió el payaso, señalándome con un dedo índice tembloroso—, Camachín, se estaba riendo de mí, como si yo fuera un payaso.

«Aquí hizo una pausa para ver si el público había captado un gracioso doble sentido en su frase. Luego rió con una risa gruesa, y siguió, mientras elevaba la voz como si declamara una poesía.

»—Este aprendiz de payaso, este miserable zarrapastroso a quien un día tendí la mano, hoy me la muerde, como si fuera un perro desagradecido. Sinceramente, el payaso aquel sabía levantar, elevar los ánimos.

»—¿Qué creen que debo hacer?

»El público no contestó su pregunta, estaban algo expectantes.

»—Digan todos: ¡Castigo! ¡Castigo! ¡Castigo!

»Algunos del público gritaron. El payaso se me viene encima con una cachiporra de goma dura, que yo ignoraba que tenía. Por reflejo, le detengo la mano en el aire con una de las mías y con la otra lo sujeto del cuello y lo derribo.

»—Quieto, quieto, Camachín —grita asustado desde el suelo.

»—Corre —le digo yo cerca del oído, y lo suelto.

»Se incorpora y pretende hablar otra vez a la gente. Yo le doy una patada en el trasero; algo traqueó en él. Sale corriendo mientras lo correteo a patadas y puñetazos, se cae, se levanta, grita al público que yo estoy loco, la gente se destornilla de la risa, lo sigo por la pista, se me cae la nariz de bola, él se arrodilla y me suplica que no lo mate, mientras le grita al público que lo quiero matar. Luego lo dejo ir y el auditorio me aplaude y corea mi apodo:

»—¡Camachín! ¡Camachín! ¡Camachín!

(En este momento ya vamos de regreso. Volvemos a avistar la ciénaga. Sé que nos detendremos allí de seguro. Hemos tenido tiempo de ir al pueblo y comprar las cosas que necesitamos.)

»—Abuelo —le digo—, esa fue tu primera presentación.

»—Y la última —me dijo—. Sabía que esa noche no podía dormir en el circo. No quería que al día siguiente preguntaran: "¿Y de qué murió Camachín?" Y que contestaran: "De payaso". Tuve varios sentimientos esa noche. Por un lado sentí que cobré venganza; por otro, sentía vergüenza, pena por el payaso aquel. Y todo hubiera sido peor si esa noche...

»—¿Esa noche qué, abuelo? —pregunto al ver que el abuelo se quedó demasiado pensativo.

»—Esa noche, mientras yo hacía venias ante el aplauso del respetable público, ahí, en primera fila, estaba ella.

»—¿Quién, abuelo?

»—Isabela, tu abuela. Mirándome desde esos ojos miel, con abejitas incluidas. Con su pelo liso, rojizo, sus pecas y su talle de mariposa en su vestido de flores. Parecía que iba a alzar el vuelo. Yo la vi mirarme y me sentí tan mal de ser un payaso. Sin embargo, me gustó navegar un rato en esos ojos y en su sonrisa de niña de quince años. Desde adentro, el payaso dueño del circo maldecía y gritaba que la función ya había terminado. La gente comenzó a abandonar el circo, Isabela estaba en pie desde que comenzaron a aplaudir y andaba, igual que todos, buscando la salida. Yo me adelanté y le hablé resueltamente.

»—¿Vienes mañana? —le pregunté.

»—Sí —dijo con una notoria timidez.

»Yo trataba de sacarme el maquillaje con una toalla y sin perderle la pisada.

»—¿Qué te pasó en el ojo? —preguntó tierna.

»—Un accidente —le dije—. Mañana voy a estar en la esquina que queda antes del circo, si quieres te espero y entramos juntos...

»Cuando dije esto me sorprendí del valor que tuve en ese momento.

»—Bueno —me dijo y se fue.

»Ahí me sorprendí más todavía. Regresé adentro, donde tenían al payaso rodeado de cuidados, curándole los golpes.

Realmente no le di tan duro, pero él exageraba como siempre. Las equilibristas aguantaban la risa al verme entrar, a la enana le brillaban los ojos.

»—Me voy —dije.

»—Lárgate —gritó el payaso. Y añadió—: ayayay.

»Recogí aprisa tres cosas que tenía por ahí, las metí en una bolsa, dije adiós y me fui. A la salida de la carpa, los chicos del circo me despidieron con cariño y me felicitaron por lo que le hice al payaso. Algunos me imitaban dando al aire los golpes que di al payaso. La mujer enana me llamó, puso en mi mano una bolsa de papel con unas monedas y algunos billetes viejos y me lanzó su adiós con dos besos y la mano. El poco dinero que me dio me serviría para acomodarme un par de noches en una pieza.

»Esperé a Isabela la noche siguiente, a una esquina antes del circo. Pasaba y no sé si se hizo la que no me reconocía o si en verdad fue así, porque ya no tenía pintura en la cara.

»—Hola —le dije al pasarme cerquita.

»—Ah, hola, tú eres…

»—Camachín —le dije—, pero me llamo Lucas.

»—Yo soy Isabela —dijo, y sonrió, y cuando lo hizo se me quitó un dolor de cabeza que tenía.

»—¿Vienes hoy al circo?

»—Claro, ¿y tú no?

»—No, ya no trabajo ahí.

»—¿Y qué pasó?

»—Tuve problemas.

»—¿Con el payaso viejo, verdad?

»—Sí —respondí, sorprendido de que lo supiera.

»—Lo de anoche no era una función. ¿Cierto?

»Dije que no con la cabeza.

»—Y lo del ojo no fue un accidente, ¿verdad?

»Me acordé de mi mamá en este momento, Isabela parecía saberlo todo, como ella. Ambas, cuando preguntaban, más bien afirmaban.

»—¿Y qué harás ahora? —preguntó.

»—Buscaré trabajo por aquí —le dije mirando a varias partes.

»—¿Y qué sabes hacer?

»—De todo. Sé cazar iguanas, boxear...

»—¿Boxear? —Y volvió a reír—. ¿Cazar iguanas?

»—Sí —le dije—. También puedo aprender muchas cosas.

»—Mi papá fabrica queso. Si quieres, ven mañana y le digo de ti.

»—Bueno, y ¿dónde queda?

»—Preguntas por la quesera, es la única que hay.

»—Si no fuera porque tienes que entrar al circo, te diría que te acompañaba a tu casa, y así de una vez sabría donde queda.

»Ella sonrió, sus ojos brillaron.

»—Vamos —accedió.

»A partir de esa noche me enteré de que vivía en una amplia casa con muchos cuartos y con un traspatio donde se trabajaba el queso y otros derivados de la leche. Supe que su padre tenía varios empleados, que ella padecía la desventaja de ser la menor y que tenía siete hermanos mal encarados, que trabajaban para su padre. Me enteré también de que Isabela era la luz de los ojos de su padre desde que falleció su madre, siendo ella muy niña. Al llegar, me hizo entrar hasta la sala y me presentó a su padre. Un hombre alto, corpulento, de pelo y bigotes rojizo, muy atento.

»—Papá —dijo ella—, te presento a un amigo que está buscando trabajo.

»—No hay problema —respondió, mirándome directo a los ojos y apretando mi mano fuerte, sin ni siquiera esperar que le dijera mi nombre—. Venga mañana.

»—Me llamo Camacho —le dije—, Lucas Camacho.

»—Bueno, amigo, lo espero mañana temprano—dijo y se retiró al patio. Antes de llegar a la puerta del patio, se dirigió a Isabela y le dijo—: ¿Ya le diste comida a tu amigo? —Y, sin esperar respuesta, añadió—: Sírvele —y salió.

»—¿Tienes hambre? —me preguntó Isabela.

»—Un poquito —admití. En realidad estaba casi en ayunas a esa hora.

»Entonces fue a la cocina, me sirvió un plato de comida y se sentó a verme comer. Cuando iba terminando, me preguntó si quería más y le dije que sí, y me repitió la dosis: arroz, carne guisada, ensalada y un plato de sopas. Me acordé de los chicos del circo y de que los únicos que comían carne eran el payaso jefe y el tigre, aunque fuera de perro. Isabela parecía notar que sentía un poco de pena al tenerla frente a mí, mirándome; parecía que me leía. Con el tiempo, supe que no soportaba ver a alguien sentirse humillado frente a ella. Entonces, se levantaba y se distraía en cualquier cosa y volvía a sentarse a la mesa, tarareando algo como una canción. Mientras comía, ya estaba pensando decirle lo sorprendido que me sentía por la camaradería del padre de ella.

»—Así es mi papá —me dijo, como si supiera lo que iba a decirle—. Parece que le vas a caer bien.

»—¿Y a tus hermanos? —le pregunté.

»—Pues, también, no te preocupes —me dijo sonriendo.

»Yo me despedí luego que hablamos un rato de nuestras vidas y salí a esa hora de la noche al lugar a donde estaba hospedado. Solo tenía para pagar esa noche con el poco dinero que me dio la enana del circo. Yo entonces no sabía lo que Isabela y su padre habían hablado. Al día siguiente, Isabela me contó con mucho rodeo que su padre, luego que me fui, le preguntó donde vivía yo. Cuando lo supo, le encargó que me dijera que, si yo quería, podía quedarme en una pieza del patio. Le dijo que se encargara de que me colgaran allí una buena hamaca y me pusieran una mesita. El padre de Isabela, aunque no lo demostraba mucho, parecía ser una buena persona. Al siguiente día, llegué tempranito y comencé mis labores. Solo pude ver a Isabela como por una hora, ya que luego que me invitó al desayuno se tuvo que ir al colegio. Noté que con uniforme su cuerpo se veía como más de niña. Solo esos ojos de mujer parecían corresponder verdaderamente con su edad. En ese momento quise ser un estudiante también para ir con ella, pero luego supe que sería imposible, porque era un colegio solo para señoritas.

»—Si quieres más —me ofreció—, solo lo pides o vas a la cocina y tú mismo te sirves.

»—Me da pena —confesé.

»—Ahorita vienen algunos trabajadores y a ellos no les da vergüenza. Entonces, te metes con ellos a la cocina y les dices a las cocineras y repites, si quieres.

»Ella siempre parecía tener una respuesta para el abismo de mi estómago. Pronto descubrí que en esa casa había una deliciosa cultura de alimentos.

»—Gracias —le dije.

»Pronto me contó lo que había dicho su papá sobre quedarme a dormir en una pieza del patio y me dijo que me ubicaría cuando regresara de clases, en la tarde. Me sorprendí, paré de comer y traté de decir algo.

»—Hasta luego —me interrumpió antes que yo pudiera decir nada, sonrió y batió para mí su mano.

»—Hasta luego —respondí y terminé el saludo en mi mente—: *amor mío*.

»Durante muchas mañanas en que se repetía lo mismo, yo seguí despidiéndome mitad en palabras, mitad en pensamientos; porque, cuando la veía salir por la puerta, como una libélula, metida en su uniforme, sentía que en su maleta, apretujado entre sus cuadernos, se llevaba la mitad de mi corazón».

VII

E L ABUELO me sigue contando un resto de cosas sobre su trabajo en aquel lugar. Era un trabajo fuerte. Debía vaciar cántaros de leche en unas cubas, o mantener limpios unos moldes, o empacar en frascos mantequilla o lavar bien los mismos frascos donde se envasaba el producto. Pronto se destacó como un excelente obrero, que hacía su esfuerzo como de forma natural. También, el padre de mi abuela lo enviaba con algunos de sus siete hijos a mirar el ganado a los hatos de donde se abastecían primariamente de leche. Allí el abuelo aprendió a ordeñar las explícitas ubres de las vacas. Luego de casi un año, se volvió, por lo menos para el padre de mi abuela, un hombre de confianza.

—¿Hubo algún trabajo que no hicieras, abuelo?

—¿Cómo? —pregunta él, un poco distraído, mientras llegamos a la ciénaga.

—¿Que si hay algo que no hayas hecho en tu vida?

El abuelo no responde de inmediato, sino que me hace señal de seguirle. Salimos del camino y nos metemos bajo el paraguas de sombra de la monumental ceiba que está a orillas de la ciénaga. Ahí está la barcaza del abuelo demasiado salida del agua. Noto que la playa ha crecido y es porque la ciénaga ha retrocedido hacia sí misma y se chupa, irritada de calor. Huele a sed. El abuelo empuja la barca un poco hacia el agua, yo le ayudo con lo que pueden mis fuerzas. Hay mucha temperatura. El abuelo saca de una mochila una cantimplora con agua de panela y me ofrece. Luego saca del bolsillo del pantalón un gotero plástico y se pone, con precisión, un par de gotas oftálmicas en cada ojo. Ahora pareciera que estuviera llorando. Me pregunta

55

si yo quiero, le digo que sí y me levanta con su mano la cara y me vierte dos gotas, una en cada ojo.

—Ya —me dice.

Yo enderezo la cabeza y miro a través de las lágrimas artificiales cómo se hincha, adelgaza y tiembla el horizonte en mis ojos. Le devuelvo la cantimplora y él bebe de ella un sorbo.

—Nunca fui carpintero —dice el abuelo—. Me hubiera gustado serlo.

—¿Por qué, abuelo?

—¿Ves ese árbol caído? —me pregunta mientras señala otra gran ceiba vecina, derribada.

—Sí.

—Ahora, mira la barca —prosigue. Estamos dentro de ella, pero yo la miro de todos modos—. Esta barca alguna vez fue un árbol caído que un carpintero vio y le pareció que podía transformarlo en algo útil, y hoy nos sirve a nosotros. Desde ella pescamos. De igual modo, muchos árboles caídos han sido procesados por la mano de excelentes maestros de la madera y transformados en obras de arte. En muebles finos, en grandes navíos, en pianos de lujo o violines, en casas hermosas… Quien ve estas obras, tal vez no imagina que tras tanta belleza o perfección hubo alguna vez un árbol caído y, sobre todo, un maestro que le dio forma.

El abuelo hace una pausa para tomar otro sorbo de agua de panela, se pone en pie y prosigue.

—Por eso, el buen Señor no fue conocido como abogado, aunque defendió a los pobres. No fue reconocido como médico, aunque sanó a los enfermos. Fue reconocido tan solo como carpintero; porque anduvo por ahí, levantando leños viejos, árboles y arbustos derribados por los golpes de la vida, para hacer de ellos algo nuevo. Levantó y labró a un despreciable y casi enano recaudador de impuestos; a una pobre mujer sorprendida en inmoralidad y a punto de ser apedreada por los religiosos; a diez pobres leprosos a quienes no se les permitía andar en la sociedad; a unos ordinarios pescadores… Yo fui un árbol caído

—añade el abuelo, dejando asomar, ahora sí, una lágrima de verdad. Yo lo rodeo con mis brazos por la cintura, él pasa su mano por mi cabeza, me la levanta, yo miro sus ojos verdes, anegados. Él se serena y me dice—: Pero el maestro me halló, me tomó y me restauró… Aún lo hace —concluye sonriente.

Son ya pasadas las diez de la mañana y el sol viene remontándose sobre grandes olas de nubes blancas. El abuelo, ya reposado, me mete otra vez conversación.

—¿Cuántos animales viven aquí? —me pregunta, tratando con los brazos de cubrir los espacios, incluyendo la ciénaga y la ceiba.

—Muchos —le digo, y reparo en algunos nidos que cuelgan de las ramas de la ceiba.

—Tenemos peces —comienza diciendo el abuelo.

—Hay pájaros —digo— de varias especies —anoto. En efecto, hay desde carpinteros, hasta canarios, y desde tórtolas, hasta mochuelos.

—Hay iguanas —señala el abuelo.

—Patos —digo yo al ver a tres que se desplazan en el agua, uno tras otro. Parecen un doscientos veintidós con plumas.

—Lombrices —dice el abuelo, escarbando el barro de la playa con un palo. Estas se asoman, hacen un gesto subterráneo y enseguida entran al fango.

—Aquí hay hormigas —digo yo al ver un grupo de ellas que llevan a un hueco el cortejo fúnebre de un grillo muerto. Son negras, así que parece que estuvieran de luto por el difunto insecto. Otras, de color rojo y cabezonas, arrean trozos de hojas, más grandes que ellas, en una interminable, pero bien organizada, fila india.

—Tenemos micos y titíes —dice el abuelo. En eso, viene volando un pájaro hembra y cae en su nido colgante, trayendo en el pico comida para calmar los alaridos de sus polluelos. Estos toman el alimento, aún vivo, del pico de su madre.

—Ves —dice el abuelo—, así es la vida, justa y equilibrada, a menos que metamos la mano para mal.

En ese momento yo trato de aligerar con una vara el funeral del grillo hacia el sepulcro del hormiguero. Sin embargo, oigo al abuelo y él lo sabe.

—La vida nos da —dice—, pero a veces nos pide vivir en función de otros.

—¿Cómo así, abuelo? —pregunto sin dejar de ayudar a las hormigas.

—Pues que por estar vivos nos toca pagar una pequeña contribución. Mira al grillo, está pagando su tributo a las hormigas. La lombriz que trae el pájaro a sus hambrientos pichones está contribuyendo, lo mismo cuando la usamos para pescar. El pez le paga al águila. A veces el águila o el gavilán le cobran a pájaros más pequeños. El tití va y toma un mango del palo y nadie le dice nada, pero un día también pagará a algún depredador o, si muere de viejo por ahí, los buitres se darán un banquete con él. Así fue hecha la vida y por lo menos la naturaleza lo entiende y lo asume. Mira la ceiba —prosigue el abuelo—, ni siquiera su sombra es para ella, ni sus ramas, ni su vigor o su altura; toda ella es para otros.

—Es cierto, abuelo —digo yo, y contemplo bajo la sombra todos esos mundos que cuelgan y corretean en las ramas altas de esta ceiba consagrada y las hormigas que bajan con el grillo por un agujero del suelo, hacia su inframundo.

—Y la ceiba lo asume así —dice el abuelo—, lo mismo la hormiga y el gusanito y la tórtola. Todos se requieren, se necesitan.

El abuelo me cuenta ahora, en su estilo de contar las cosas, una fábula sobre un ratón que pidió a un león que le perdonara la vida y que algún día le devolvería el favor. Al león le pareció muy cómico que el ratón pudiera hacer algo por él en compensación, y lo soltó, tan solo porque le pareció un ratoncito muy chistoso. Tiempo después, el león cayó en la red de unos cazadores y no podía zafarse, el ratoncito pasaba por ahí y al ver al león le preguntó si se acordaba de él. El león le dijo que lo que menos quería era acordarse de un mísero ratón. El ratoncito subió a la red que colgaba con el león dentro y comenzó a romperla con sus afilados dientes, liberando al león cautivo. Entonces, el ratón le dijo al león que él era aquel a quien un día perdonó la vida y que había prometido devolverle el favor algún día. El león, algo avergonzado, tuvo que admitir que, en esta vida, hasta a un ratoncito podemos necesitar, y se volvieron muy buenos amigos en adelante.

—Lo difícil —sigue el abuelo— es asumir nuestro papel de servicio en este mundo. Porque al paso de los años, nos convencemos de que el mundo gira a nuestro alrededor o que no necesitamos de nadie porque lo tenemos todo y pensamos que todo se compra o todo se paga. Y terminamos comprando amor, respeto, cariño o la honra perdida, como quien compra un mueble en el almacén. Se nos olvida que hay cosas en la vida que no tienen precio, como la amistad de aquel ratón, como el amor de esa madre pájaro, como el entusiasmo de las hormigas… como la sombra de esta ceiba. Solo hay que ponerse debajo.

Yo estoy escuchando con ambos oídos al abuelo y se me ocurre que todo esto él debió de aprenderlo de los libros que tiene tanto en el baúl como en un estante de la habitación grande, donde nunca se me había ocurrido mirar. Así que, ese día, cuando llegamos a la casa y luego de reposar el almuerzo, ya en la tarde, subo a dicha habitación y reviso tanto los discos como los libros que tiene allí. El abuelo sube al rato y me muestra algunos libros de fábula. Ahí está la del león y el ratón y otras más. Hay un libro de mapas de Norteamérica explicados en inglés, lo mismo que otros manuales en ese idioma. Guarda unos tomos de agronomía y unos específicos sobre siembra de tabaco y algodón. Hay un viejo álbum con fotos antiguas a blanco y negro, que contiene también los pétalos disecados de una rosa.

—Es la primera rosa que le di a tu abuela —dice algo emocionado el abuelo.

—¿Cuánto hace, abuelo?

—Ya ni me acuerdo qué tiempo hace —dice, y cierra el álbum.

Luego toma un libro de pasta dura y dice:

—Este es el manual del maestro.

—¿De que materia? —le pregunto.

—De la vida. Aquí dice cómo se debe vivir. De dónde venimos y a dónde vamos

Me lo extiende y siento el lomo vertebrado de aquel libro en el cuenco de mi mano. Veo que solo dice «La Biblia».

—Ábrelo —me dice el abuelo. Lo abro—. Lee —me dice.

—¿Desde dónde? —pregunto.

—De donde quieras.

Yo comienzo:

—Número dos. Estos son los hijos de Israel: Rubén, Simeón, Leví, Judá, Issachâr, Zabulón, Dan, José, Benjamín, Nephtalí, Gad, y Aser. Los hijos de Judá: Er, Onán, y Sela. Estos tres le nacieron de la hija de Sua, Cananea. Y Er, primogénito de Judá, fue malo delante de Jehová; y matólo. Y Thamar su nuera le parió a Phares y a Zara. Todos los hijos de Judá fueron cinco. Los hijos de Phares: Hesrón y Hamul. Y los hijos de Zara: Zimri, Ethán, Hemán, y Calcol, y Darda; en todos cinco. Hijo de Chârmi fué Achâr, el que alborotó a Israel, porque prevaricó en el anatema. Azaría fué hijo de Ethán. Los hijos que nacieron á Hesrón: Jerameel, Ram, y Chêlubai. Y Ram engendró á Aminadab; y Aminadab engendró á Nahasón, príncipe de los hijos de Judá; Y Nahasón engendró á Salma, y Salma engendró á Booz; Y Booz engendró á Obed, y Obed engendró á Isaí; E Isaí engendró á Eliab, su primogénito, y el segundo Abinadab, y Sima el tercero; El cuarto Nathanael, el quinto Radai; El sexto Osem, el séptimo David: De los cuales Sarvia y Abigail fueron hermanas. Los hijos de Sarvia fueron tres: Abisai, Joab, y Asael. Abigail engendró á Amasa, cuyo padre fué Jether Ismaelita. Caleb hijo de Hesrón engendró á Jerioth de su mujer Azuba. Y los hijos de ella fueron Jeser, Sobad, y Ardón. Y muerta Azuba, tomó Caleb por mujer á Ephrata, la cual le parió á Hur. Y Hur engendró á Uri, y Uri engendró á Bezaleel.

Después entró Hesrón á la hija de Machîr padre de Galaad, la cual tomó siendo él de sesenta años, y ella le parió á Segub. Y Segub engendró á Jair, el cual tuvo veintitrés ciudades en la tierra de Galaad. Y Gesur y Aram tomaron las ciudades de Jair de ellos, y á Cenath con sus aldeas, sesenta lugares. Todos estos *fueron de* los hijos de Machîr padre de Galaad. Y muerto Hesrón en Caleb de Ephrata, Abia mujer de Hesrón le parió á Ashur padre de Tecoa.

Aquí yo hago un bostezo. El abuelo me pone la mano al hombro, me palmea y me dice:

—Sigue.

Retomo fuerzas y sigo.

—Y los hijos de Jerameel primogénito de Hesrón fucron Ram su primogénito, Buna, Orem, Osem, y Achîa. Y tuvo Jerameel otra mujer llamada Atara, que fué madre de Onam. Y los hijos de Ram primogénito de Jerameel fueron Maas, Jamín, y Acar. Y los hijos de Onam fueron Sammai, y Jada. Los hijos de Sammai: Nadab, y Abisur. Y el nombre de la mujer de Abisur fué Abihail, la cual le parió á Abán, y á Molib...[3]

Siento que no puedo más y le digo al abuelo:

—Abuelo, ya me cansé.

—Te entiendo —dice él.

—Pero, abuelo, ¿para qué pusieron todos esos nombres allí, si uno no conoce a ninguna de esas personas? —pregunto con un poco de enfado.

—Bueno, lo mismo me pregunto yo. Tal vez para el autor del libro tienen alguna importancia. Tal vez, tras de cada nombre, hay una persona con una historia que contar. Toda la gente tiene su valor para el buen Dios.

—¿Y todo el libro es de solo nombres, abuelo?

—Oh no. Tiene muchas otras historias interesantes, ya te leeré algunas, o tú a mí también.

El abuelo retira el libro de mis manos y lo deja en la repisa.

—¿Colocamos música, abuelo?

—Bueno.

El abuelo quita la tapa protectora del viejo tocadiscos, saca un disco de su estuche, lo limpia y lo coloca. Dirige el brazo del tocadiscos con la aguja a su sitio, demora un poco, pero comienza a sonar una canción que invade el lugar. El abuelo sube el volumen.

—Es una de mis favoritas —dice.

Yo tomo la carátula y se lee: *Folsom Prison Blues*. El abuelo ha comenzado a seguir a fracción el inglés de la canción.

—¿Quién canta, abuelo?

—Johnny Cash —contesta. Y añade—: Escucha.

I hear the train a comin'; it's rollin' 'round the bend,
And I ain't seen the sunshine since I don't know when.
I'm stuck at Folsom Prison and time keeps draggin' on.
But that train keeps rollin' on down to San Antone.

When I was just a baby, my mama told me, "Son,
Always be a good boy; don't ever play with guns."
But I shot a man in Reno, just to watch him die.
When I hear that whistle blowin' I hang my head and cry.

I bet there's rich folk eatin' in a fancy dining car.
They're prob'ly drinkin' coffee and smokin' big cigars,
But I know I had it comin', I know I can't be free,
But those people keep a movin', and that's what tortures me.

Well, if they freed me from this prison, if that railroad train was
    mine,
I bet I'd move on over a little farther down the line,
Far from Folsom Prison, that's where I want to stay,
And I'd let that lonesome whistle blow my blues away.[4]

—Mira —dice el abuelo, mostrando en el álbum—, está dedicado.

Efectivamente, en la carátula hay unas palabras en inglés que el abuelo no tarda en traducir: «Para Camacho, de Johnny Cash».

—Me lo dedicó en un concierto en que lo escuché.

Noto que el abuelo está muy emocionado y quiero ayudar a que lo esté más todavía.

—Abuelo, ¿y de qué trata esa canción?

El abuelo sabe muchas palabras en inglés.

—Dice que debes alejarte de las armas.

—¿Y qué más?

—Alejarte de los vicios y oír a tus padres para que no te metas en problemas, como tristemente le pasó al joven del que trata la canción   concluye el abuelo.

Aunque no puedo entender por estar en otro idioma, el ritmo de la canción me parece muy agradable. Luego tomo otro álbum musical y lo enseño al abuelo. La portada es de un hombre negro, de perfil, en actitud de meditación.

—Oh —dice el abuelo—, este álbum es increíble. Son las canciones de Thomas Dorsey. Lo compré en Memphis. Nunca lo había escuchado hasta el día en que tu abuela murió. Cuando entré a la habitación, ella estaba tendida en la cama y tenía esta carátula en su regazo. Creo que fue lo último que escuchó. Vamos a recostarnos y disfrutemos mi favorita: *Take My Hand, Precious Lord*.

El abuelo pone a sonar aquel acetato y se tumba en la hamaca. Lo mismo hago yo. Son casi las cuatro de la tarde y el abuelo canta. Le veo sacar su brazo de la hamaca y levantarlo, mientras entona algunas partes de la canción:

Precious Lord, take my hand

Lead me on, let me stand

I am tired, I am weak, I am worn

Through the storm, through the night

Lead me on to the light

Take my hand precious Lord, lead me home

When my way grows drear
Precious Lord linger near
When my light is almost gone
Hear my cry, hear my call
Hold my hand lest I fall
Take my hand precious Lord, lead me home

When the darkness appears
And the night draws near
And the day is past and gone
At the river I stand
Guide my feet, hold my hand
Take my hand precious Lord, lead me home

Precious Lord, take my hand
Lead me on, let me stand
I'm tired, I'm weak, I'm lone
Through the storm, through the night
Lead me on to the light
Take my hand precious Lord, lead me home.[5]

Después, el abuelo me contaría que este cantante compuso la canción luego del fallecimiento de su joven esposa. Imagino al abuelo identificándose mucho con la letra de la canción y pienso en por qué nunca me he atrevido a preguntarle sobre sus sentimientos. Alzo la cabeza y él aún está con la mano alzada, aunque ya suena otra canción del mismo intérprete. Me voy quedando dormido mientras imagino lo que pienso preguntarle: *¿Te dolió mucho la muerte de la abuela? ¿La recuerdas todavía? ¿La quieres? ¿La has olvidado?* Y así, imaginando todo esto, e interrumpiéndome a mí mismo para meditar en el cementerio de grillos que tienen las hormigas y en cómo son capaces de hallar los caminos bajo tierra, me va venciendo el sueño.

Dos horas después, me despierto en la hamaca, son como

las seis de la tarde. Me asomo al balcón, el sol acaba de ocultarse, pequeñas nubes, una tras la otra, cruzan el horizonte como una lenta tribu de borregos de algodón. La tarde está elegante. Parece hecha de plastilina, roja, blanca y azul. Unos pájaros cruzan de afán. Observo al abuelo abajo, también mirando la tarde, pero desde otro ángulo. Pienso en los libros y las historias que sabe y en sus discos y pienso en él abuelo, por primera vez, como en un sabio que diserta doctamente cosas simples, como un campesino, pero bien documentado. Me bajo hasta el frente de la casa y me hago al pie de él, me acuerdo de las preguntas que me figuré hacerle, pero no sé cómo empezar.

—¿Tienes hambre? —me pregunta el abuelo de pronto.

—No, abuelo —respondo.

—Por si acaso, allí hay comida.

—Ahorita —le digo.

El abuelo sigue mirando lejos, pienso que es un buen momento para preguntar.

—Abuelo.

—Dime.

—¿Te hace falta la abuela?

—Mucho —responde como sin pensar—. Si la hubieras conocido a ti también te haría mucha falta.

El abuelo sigue hablando y me siento menos incómodo, porque, de seguro, mucho de lo que va a decir responderá a muchas de mis preguntas.

—Ella fue la mujer ideal. No era perfecta, pero se aproximaba. No solo era linda por fuera, sino por dentro. Era sencilla, profunda, disciplinada, pero amorosa. Era generosa, dócil… en fin, parecía hecha a mi medida, para complementarme. Cuando se fue, sentí que me fui con ella. Me sentí muerto en vida. Solo ver a tu padre, tan pequeño, me hacía sentir que todavía, de algún modo, pertenecía a este mundo de los vivos.

En este momento va pasando alguien montando un asno y

se saluda con el abuelo. El del burro lleva agua en dos recipientes grandes a lado y lado del animal.

—¿De la ciénaga? —pregunta el abuelo refiriéndose al agua.

—Sí —contesta el hombre bajando un poco la velocidad—. Antes que vaya a secarse —añade.

—Aquí tengo del pozo, cuando quieras —dice el abuelo.

—¿No se secó ya? —pregunta el hombre.

—No hombre, ahora es cuando tiene.

—Mando por ahí a alguno mañana, porque ahora es tarde —dice el hombre y se despide.

—La de la ciénaga es buena, pero hay que tratarla mucho — me dice el abuelo a mí, comenzando a explicar cómo se trataba el agua de la ciénaga y con qué elementos.

Me habla de las piedras de azufre y del alumbre. Yo temo que al abuelo se le esté olvidando la conversación que teníamos primero, por eso no comento nada sobre lo del agua y su tratamiento, me quedo callado. Él parece reaccionar, pero bien al rato. Ya está casi oscuro.

—Bueno —dice—, ya sabes bastante de cómo me porté después. Quería sacar de mi pecho aquel dolor como fuera. Hoy entiendo que el dolor es parte de la vida, pero que no se quita así. A veces se acrecienta con decisiones erradas. Tiempo después aprendería sobre un hombre llamado Moisés, que fue comisionado para liberar a su pueblo de una prolongada y dolorosa esclavitud. La noche de la liberación de aquellos pobres esclavos, tuvieron que comer un cordero por familia, pero con hierbas amargas. De ahí en adelante, cada año lo comerían así, con hierbas amargas que les recordarían los tiempos de esclavitud y dolor; pero lo bueno de esa última noche de dolor y quebranto fue la ordenanza de comerlo rápido, de pie y vestidos para comenzar una nueva vida.

—¿Y qué significa eso, abuelo?

—Significa que los momentos de dolor, debemos asimilarlos lo más pronto posible. No podemos estar como las vacas.

—¿Cómo, abuelo?

—Pues masticando siempre nuestro infortunio. Noche y día, amargándonos y amargando a otros. Así se portaría un esclavo que no saborea la delicia del cordero, por estar continuamente masticando su amarga hierba. Cuando recordamos el pasado para llorar y lamentar, y no para agradecer, somos esclavos y pobres amargados. Yo lo fui por mucho tiempo y allí estuve como detenido siquiera para dar un paso. Fue mucho lo que descuidé y perdí en lo material y moral. Quise que muchos probaran la hierba amarga que yo probé, pero nada solucioné, hasta que llegó mi Moisés libertador y me dio a comer del cordero. Ahora recuerdo a tu abuela con cariño, agradecido de los años vividos a su lado, agradecido de haberme dado un hijo como tu padre y a ti como nieto.

—¿La recuerdas mucho, abuelo?

—Todos los días, muchacho. Pero te repito, ya no siento el dolor de antes. Hoy la pienso como la mujer que tenía que existir para bendecirme y sé que ella también fue feliz conmigo.

—Ahora sí tengo hambre —digo.

El abuelo se encamina a la casa, enciende las luces, va a la cocina y sirve dos platos de arroz con frijoles y carne asada, y dos vasos de jugo de tamarindo. Nos sentamos a comer.

VIII

Viviendo en casa de la abuela, el abuelo fue comisionado para ir con los hermanos de ella a inspeccionar el ganado. Todos ellos eran como una especie de guerreros vikingos, serios, con escopetas terciadas a la espalda, todos de elevada estatura, rubios o pelirrojos y montados en caballos. El abuelo aprendió rápido a montar y a diagnosticar el estado del ganado. Un día, uno de ellos llevó al abuelo hasta un ciruelo en medio del campo y le dijo:

—¿Sabes quién está debajo de este ciruelo?

—No —dijo el abuelo.

—El último pretendiente de Isabela —dijo.

El abuelo guardó silencio.

—Papá nos ha encargado de cuidarla —siguió diciendo mientras chupaba una ciruela madura—. No permitiremos que un cualquiera se le aproxime. ¿Entiendes? Así que, ahora, este tipo duerme bajo el ciruelo.

Ese día el abuelo quedó con mucha inquietud, pero se distrajo al final de la jornada con el reporte ante el padre de Isabela sobre de la muerte de varias reses, victimas de tigres montañeros.

—¡Les he dicho que hay que cazarlos! —gritó el padre de Isabela a todos sus hijos.

Estos callaban cuando su padre hablaba iracundo. Mi abuela Isabela estaba en la sala, meciéndose en un mecedor. El abuelo la miraba en breves descuidos.

—Quiero a esos tigres muertos lo más pronto posible.

—Pero papá, no es cosa fácil —dijo el mayor de ellos.

—No es cosa fácil, no es cosa fácil, eso es lo que saben decir…

El abuelo comenzó con disimulo a retirarse del patio.

—Camacho —gritó de pronto el padre de la abuela.

—Diga, señor —respondió el abuelo.

—¿Ya comiste?

—Todavía no, señor.

—Come y acuéstate temprano, mañana vamos tú y yo madrugados al hato, a ver qué podemos hacer.

—Sí, señor.

—Isabela, hija —dijo, y la abuela levantó la cabeza —Sírvele a Camacho, mira que coma bastante.

—Bueno, papá —dijo la abuela levantándose, mientras sus hermanos se retiraban algo avergonzados.

—Siéntate a la mesa —dijo la abuela.

El abuelo lo hizo, pero se le notaba cierta preocupación. Ni siquiera había reparado bien en la abuela, que tenía una florcita en el pelo.

—¿Qué tiene, Camacho, que está tan callado? —preguntó ella, mientras le servía y se sentaba a su lado también.

—Nada —dijo el abuelo.

—¿Nada? —insistió la abuela, haciendo una sonrisa sin mostrar los dientes. Fue cuando el abuelo la miró apenas a los ojos y, como diría él, navegó en ellos.

—¿Pasó algo hoy?

—¿Conoces el ciruelo, el único que hay en medio del campo? —preguntó el abuelo.

—Sí —dijo la abuela.

—¿Hay alguien enterrado allí?

—Sí —volvió a decir ella, tratando de entender a dónde quería llegar.

—¿Quién está enterrado allí? —preguntaba él, tratando de parecer entretenido con la comida.

—Nerón —dijo la abuela.

—¿Nerón? —repitió el abuelo—. ¿Así se llamaba tu pretendiente?

—¿Pretendiente? Así se llamaba mi perro.

—Ah —dijo el abuelo.

—¿De dónde sacas eso de que mi perro era mi pretendiente?

—Me dijo uno de tus hermanos que ellos mismos tuvieron que encargarse de tu pretendiente por orden de tu padre... Claro, pero no me dijeron que era un perro.

—Ay, Camacho —dijo la abuela con una amplia sonrisa—. No les creas nada a esos brutos. No pueden ver que alguien se me aproxima, porque inventan una historia como esa. Además, yo estoy muy niña como para tener pretendientes. ¿No crees?

—No sé —dijo el abuelo—, a lo mejor piensan que yo puedo llegar a pretenderte, no ahora, claro, más adelante...

—Nunca he tenido pretendientes —dijo la abuela—. No sé por qué pueden pensar eso.

—Como si fuera tan difícil —dijo el abuelo.

—¿Cómo?

—Que no es tan difícil enamorarse de ti... eso.

—¿Quieres más sopa, Camacho? —preguntó la abuela tartamudeando un poco.

—Sí.

La abuela le sirvió y le dijo al abuelo que se iba a dormir y que procurara dormir él también, porque le tocaba madrugar.

Al siguiente día, salieron a caballo y de madrugada el abuelo y el padre de mi abuela. Llegaron al lugar al que iban y desayunaron allí, mientras dialogaban con algunos vaqueros. El padre de la abuela supo ese día que realmente eran más las reses muertas por la incursión de los tigres y que sus hijos nunca habían organizado ninguna cuadrilla para la cacería de los mismos, entre otras anomalías. El abuelo comenzó a sospechar que se armaría un lio en la casa cuando regresaran, lo cual, en efecto, ocurrió. El padre de la abuela parecía demente y pedía a sus hijos mas seriedad y repetía mucho la frase «Camacho y yo», «Camacho y yo», tanto que terminó haciendo sentir al abuelo muy incómodo por lo que se asomaba en los rostros de aquellos hombres. El abuelo se sentó a la mesa más preocupado que la noche anterior y solo Isabela parecía notarlo.

—¿Y ahora qué tiene Camachín?

—Creo que tus hermanos no me miran muy bonito —dijo el abuelo.

—¿Piensas casarte con alguno de ellos? —preguntó la abuela.

—Claro que no —dijo enérgico el abuelo.

—¿Entonces? —dijo sonriendo—. Solo quien va a casarse contigo debe mirarte lindo.

—¿Cómo tú? —dijo el abuelo.

—No sé —respondió ella con el codo apoyado en la mesa y la barbilla en la palma de su mano. Sonreía tímida.

—De todos modos —dijo el abuelo—, no quiero tener problemas con tus hermanos.

—Si se meten contigo, se lo dices a mi papá y ya.

—No quiero que piensen mal de mí —insistió el abuelo.

—¿Como qué? —preguntó la abuela.

—No sé.

—Ellos son así, pero en el fondo son buenas personas.

—Pero será bien en el fondo —replicó el abuelo.

Y siguieron conversando en la mesa de la cocina hasta bien tarde, ya que al día siguiente era sábado y no había clases, por eso la abuela no se preocupó tanto. Luego de eso, el abuelo se fue a dormir ya mucho más tranquilo por las palabras de la abuela y sintiendo además que algo se estaba madurando en su corazón por aquella pelirroja. Y, al parecer, en el corazón de ella también. Un tiempo después, a ella, con un poco de más confianza, le encantaría peluquear las sortijas del pelo del abuelo, y a él, tocarla con el índice en las pecas de su cara. A veces él miraba cómo el padre de ella la sentaba en su regazo y se mecían amorosamente en el mecedor hasta quedarse dormido y ella buscaba los ojos del abuelo hasta dormirse también.

Sin embargo, las cosas no mejoraron con los hermanos de

la abuela. Un día que estaban mirando el ganado, otro de ellos le dijo al abuelo:

—Ve, moreno, ¿sabes quién está bajo tierra, al pie del ciruelo aquel?

—No —dijo el abuelo, dándose cuenta de que este no estaba enterado de la conversación antes sostenida con el otro hermano.

—Ahí tuvimos que meter al último pretendiente de Isabela. El muy pícaro se quería casar con ella. ¿Qué te parece?

—Pues, si no lo sacan de ahí se puede ahogar —dijo el abuelo tratando de hacer la conversación divertida, pero al hermano de la abuela, no le pareció muy gracioso y se fue a contarlo a los otros.

El abuelo se dedicó a lo suyo el resto del día, pero comprendió que debía portarse con cautela, ya que de ahí en adelante las relaciones se volverían más tirantes con ellos. Ya lo dejaban atrás cuando partían, no le avisaban del momento del almuerzo o no le dirigían la palabra durante el día. Lo único a que no se atrevían era a indisponerlo directamente ante su padre, porque conocían que este le tenía confianza y era capaz de creerle más que a ellos. Además, comprobarían en varias ocasiones que aquel jovencito tenía averiado el sentido del miedo, ese mecanismo de defensa que le avisa a uno de cuándo está ante una situación de peligro y lo hace huir de ella. El abuelo pudo sobrevivir aquel tiempo entre la confianza del padre de Isabela y el resquemor de sus hijos, entre la selva de ojos agresivos de estos y los tiernos de su amada, y entre el silencio, si no las palabras duras, de ellos y las dulces de Isabela.

—Papá nos dijo que domaras a un potro, si te atreves, pues. Es para regalárselo a Isabela —le dijo un día el mayor de ellos al abuelo.

—¿Dónde está? —preguntó el abuelo con intriga, consciente de que últimamente se les había despertado un instinto de maldad contra él.

—Vamos —dijo aquel. Y llevó al abuelo a un corral en que corría en círculos un potro. El resto de hermanos y unos vaqueros estaban allí mirando.

—Camacho va a domar al potro —dijo, y todos aplaudieron y dieron vivas al abuelo.

Él brincó la cerca y, ante el asombro de todos, se aproximó al animal, que se había quedado sospechosamente quieto por un momento. Cuando el abuelo lo tocó por detrás, el potro brincó apoyado en sus patas delanteras y con las traseras pateó tan fuerte al abuelo en el pecho que lo hizo volar varios metros. Los vaqueros se asustaron y trataron de entrar para ayudarlo, pero los hermanos de la abuela, aguantando la risa, se lo impidieron. El abuelo se incorporó, se sacudió el polvo y, corriendo hacía el potro, se puso frente a él, lo sujetó por las orejas y lo zarandeó con tanta fuerza que lo hizo desplomarse sobre sus patas.

—Me ganarás en inteligencia, pero en fuerza, te friegas —le gritó y enseguida lo montó y dio un paseo en círculos sobre él.

Los hermanos de la abuela no le quitaron los ojos de encima y los vaqueros no salían de su asombro, viendo montar al muchacho aquel como un centauro sobre su corcel, ungido de dignidad. Luego de esto, hasta dos de los hermanos de la abuela, con palabras que parecían sinceras, lo felicitaron. Ese día, ya en la casa, aquellos hombres se adelantaron y contaron cómo Camacho había domado el potro sin mayores inconvenientes. La abuela quedó inquieta.

—Ya domé tu potro —dijo el abuelo a su amada, sentado en la mesa mientras ella hacía que le sirvieran.

—¿Mi potro? ¿Cuál potro?

—El que te va a regalar tu papá —dijo el abuelo.

—Mi papá no me va a regalar ningún potro, que yo sepa —dijo la abuela.

—De pronto era una sorpresa... y ya la dañé —lamentó el abuelo.

—¿Quién te dijo que el potro era para mí?

—Tu hermano el mayor, y que tu papá me mandó decir que lo domara para ti.

—Ay, Camacho —suspiró ella. Ya se había sentado a la mesa.

—¿Qué? —preguntó el abuelo.

—Te he dicho que no les creas nada. Yo sé cuál es el potro, lo tienen ahí para venderlo por estos días y nadie lo ha domado.

—Yo lo domé.

—¿Y no te hizo nada?

—Me pateó aquí —el abuelo abrió dos o tres botones de la camisa para mostrar donde recibió el impacto de la patada.

La abuela lo miró con esa mirada llena de ternura que de seguro aprendió observando las flores o a unos pajaritos en su nido.

—Ay Camacho —dijo meneando la cabeza—. Esos brutos —añadió—. Esto lo tiene que saber mi papá.

—No —dijo el abuelo.

—Se lo diré —replicó ella. ¿Qué tal que te enfermes por el golpe?

—No me va a pasar nada. Dejémoslo así.

Al abuelo le costó convencerla de dejar las cosas así. Ella, con una empleada, consiguió un mentol y le dijo al abuelo que se lo aplicara antes de dormirse, frotado fuerte sobre la zona afectada. Pero el abuelo no lo usó, porque quería dormirse rápido a ver si lograba soñar con el potro domado y con él cabalgándolo en la llanura. Sin embargo, a pesar de querer obligarse a soñar, lo único que pudo fue imaginárselo hasta que se durmió.

Al siguiente día, reunidos en el patio para salir al hato, llegó la abuela con su padre, saludaron a todos.

—Camacho —dijo el padre de la abuela.

—Diga, señor —dijo el abuelo colocando los aparejos del caballo que se disponía a montar.

—Ya tienes caballo.

—¿Cómo?

—El potro que domaste, es tuyo —le dijo.

El abuelo quedó mudo y miró que Isabela le hizo una señal alzando la mano y haciendo un aleteo con los dedos, al tiempo que sonreía.

—Gracias —dijo el abuelo.

—Me tienes que dar un paseo —dijo la abuela.

—El sábado —dijo el padre de la abuela—. Le enseñas a montar —añadió.

—Sí, señor —dijo el abuelo.

Los hermanos de la abuela permanecían callados, mirándose entre sí. Ese día el abuelo trabajó con mucho ahínco y no dejó de montar en su joven caballo. Lo veía como una realidad que no tuvo que soñar y que arrastraba otra que sí había soñado: Estar junto a su Isabela.

Se le hicieron eternos los días que debió esperar hasta el sábado. Pero llegó el día y aquel par de muchachos pasearon a lomo de caballo sus casi diecisiete años. Ella detrás, abrazando su cintura, su rostro en la espalda de él, sin decir nada, confiada.

—¿Le dijiste a tu papá que me diera el caballo? —preguntó el abuelo.

—Unjú —dijo la abuela apretándose más a la cintura del abuelo—. Te lo mereces por la patada que te dio.

—Eso sí es verdad —dijo él, conduciendo despacio su potro—. No te niega nada tu papá, ¿verdad?

—Casi nada —dijo Isabela, desde atrás del abuelo.

—Si hubiera sabido que esto iba a terminar así, me hubiera dejado patear hace rato —bromeó el abuelo.

Y siguieron paseando y aquella atmósfera de lujo, con la brisa que pasaba por cada flor del prado verde, el cielo como una pizarra azul, el sol como un emperador, las lomas, el olor a campo y una banda sonora de pájaros, creó para ellos una primavera nominal en el trópico. Ese día en particular, sus corazones descubrieron el amor. El abuelo cabalgaba orondo, como si no tuviera peso, como un auténtico apache llevando detrás a su princesa india.

IX

LOS HERMANOS de la abuela siguieron fraguando un plan para fastidiar al abuelo. Aunque no todos ellos estuvieron de total acuerdo, les pareció más una broma que otra cosa lo que proponían los mayores.

—Vamos a ver qué tan valiente es el muchacho —dijo el mayor de ellos, cierto día, estando en el campo.

—Pero, ¿y si le pasara algo? Papá no nos lo perdonaría, ni Isabela —dijo otro.

—No le va a pasar nada, hombre.

—Lo raro es que le pasara algo —dijo otro.

—Con lo suertudo que es, ¿verdad? —añadió otro.

—Bueno, no se hable más, pongámonos de acuerdo. Ahí viene.

El abuelo llegó sin sospechar nada y uno de ellos lo abordó enseguida.

—Camacho —le dijo.

—Sí —contestó el abuelo.

—¿Quieres aprender a disparar una escopeta?

El abuelo miró a todos antes de decir que sí.

—Bueno, vamos —dijo aquel.

Llegaron a un lugar solo y el hermano de la abuela colocó unas botellas vacías a cierta distancia, enganchadas en varas, e instruyó al abuelo como lo haría un verdadero maestro del arte de disparar escopetas. Luego de un rato, el abuelo hizo sus primeros disparos.

—Hay que trabajar ahora la puntería —dijo el hermano de la abuela.

El abuelo siguió mejorando la puntería por varios días, sin todavía sospechar qué había detrás de todo aquello. Los hermanos de la abuela tuvieron la paciencia suficiente de dejar pasar los días y de permitir al abuelo ir de cacería por los alrededores de la hacienda. Los primeros días, volvía sin nada y ellos le alentaban.

—Tómate tu tiempo —le decían.

Al abuelo le parecía que ya habían llegado tiempos de reconciliación para todos.

—Le diremos a papá que te dé una escopeta. ¿Qué te parece? —le dijo el mayor, otro día.

—Me parece bien —dijo el abuelo.

Ese día, en efecto, los hermanos de la abuela le recomendaron al papá que le otorgara al abuelo el uso de una escopeta, y este accedió. A Isabela no le gustó mucho la idea y después se lo diría. Pero el abuelo estaba demasiado emocionado con la idea de andar por ahí disparando en el monte, cazando animales. Pronto el abuelo adquirió una destreza increíble en el uso del arma aquella.

—A papá le gusta mucho el conejo guisado, y a Isabela —le dijo un día uno.

—¿Ah, sí? —dijo el abuelo

Entonces, salió un rato él solo al monte y caminó siguiendo algunas pistas, hasta divisar la cabeza de un gran conejo blanco asomarse en un montículo de tierra. El abuelo se echó al piso sobre su barriga, apuntó con cuidado y disparó con la seguridad de darle en la cabeza. Trató de incorporarse para ir a recoger la segura presa, cuando vio otra vez al animal asomarse en el montículo. Volvió a cargar, se acomodó otra vez en el suelo y disparó. Se quedó quieto un instante y luego se incorporó. Esta vez, sí era seguro que el animal estaría muerto, pero de pronto le vio asomarse nuevamente en la loma. El abuelo se tira rápido al suelo y mete otra bala en la escopeta, apunta a la cabeza y dispara, un tiro preciso; ve al concjo volar del impacto. Pero ahora no se incorpora, espera y espera y, lo que temía: no había matado al conejo aquel. Ahí está nuevamente asomado. El abuelo mira y examina una de las balas, sospecha que no son de verdad. Quizás los hermanos de Isabela se las han cambiado por balas inofensivas, pero no, son de las de matar conejos, son verdaderas y él está seguro de no haber fallado los tiros. ¿Y el conejo? ¿Qué si no fuera un conejo real? ¿Qué tal si se trataba de un conejo de otro mundo, un conejo diabólico? Aquello no parecía tener ninguna lógica, era como un carrusel macabro.

«No interesa», se dijo el abuelo y siguió disparando cada vez que aparecía el conejo aquel; y disparó, una y otra vez, diez, quince, veinte y cuarenta y una veces, casi hasta acabar con todos los perdigones que llevaba, hasta que el conejo no volvió a aparecer. Entonces, se incorporó con justificada cautela y caminó hasta el lugar en que pensaba que estaba el misterioso conejo ya muerto y ¡sorpresa! Al mirar, del otro lado del montículo, vio allí tirados no menos de cuarenta conejos blancos, todos con un tiro en la frente por la puntería del abuelo. Entonces, recogió los que pudo y los llevó como trofeo de caza. Ese día se hizo un gran guiso, pero a la abuela le disgustó un poco, porque ella no estaba de acuerdo con la cacería de animales.

Por ese tiempo, los hermanos de la abuela echaron a rodar su plan. Habían esperado lo suficiente como para ganarse la confianza del abuelo y hacer que olvidara cualquier incidente del pasado. Yendo por el campo a caballo, el mayor le dijo:

—Camacho, hay algo que debo decirte.

—¿Sí? ¿Qué cosa?

—Mi padre ve con buenos ojos que alguien como tú se case con mi hermana. El sabe que eres un buen hombre y, además, le gustas a Isabela. ¿O no?

—No sé...

—No hace falta que lo niegues, hombre. Eso se nota. Y a ti te gusta ella, ¿no es cierto?

—Puede ser —dijo el abuelo.

—Bueno —prosiguió el hermano de la abuela—. El caso es que mi padre me hablaba del asunto estos días y, como te digo, le pareces un buen muchacho para mi hermana, pero él quiere una prueba de lealtad de tu parte.

—¿Qué prueba? —preguntó el abuelo extrañado.

—Quiere que mates un tigre.

—¿Un tigre?

—Sí, por lo menos uno de los que asola el ganado. ¿Me entiendes? Bueno, siempre y cuando tus intenciones con mi hermana sean en serio...

—Umm —dijo el abuelo, acordándose de las palabras de Isabela, de no creer nada a sus hermanos.

—¿Lo harías por el viejo y por Isabela, Camacho?

—¿Y por qué él mismo no me lo pide? —preguntó intrigado el abuelo.

—Lo mismo le dije yo, pero él me dice que le daría vergüenza que Isabela se enterara de que te pidió algo así. Y además, él dice que tú lo puedes hacer. Que lo que nosotros no hemos podido, lo harías tú. ¿Qué te parece? Confía más en ti que en nosotros que somos sus hijos. Ahora, si no quieres o no puedes hacerlo, pues no lo hagas, yo le explicaré a papá tu decisión.

—Lo haré —dijo el abuelo.

—¿Seguro?

—Seguro.

—Vas a tener que internarte en la montaña uno o dos días, tú solo...

—Yo lo haré —dijo de nuevo el abuelo.

—Vaya, parece que cuando naciste ya habían repartido el miedo. El domingo me parece un buen día para que salgas a cumplir tu misión.

—Bien —dijo el abuelo.

—Ah, Camacho. No menciones nada de esto, ni a mi papá, ni a Isabela. ¿Está bien? Dejemos que sea una sorpresa.

—Está bien —dijo el abuelo y, aunque quedó con una leve sospecha, de todos modos, la idea de matar a un tigre le quedó gustando.

Sin embargo, la mañana del sábado que se sentó a desayunar quiso informarse con Isabela un poco sobre el animal al que pensaba dar caza.

—¿Cómo te fue esta semana en el colegio? —preguntó sin más el abuelo.

—Muy bien —respondió la abuela.

—Y ¿qué materias estudias?

—Matemáticas, historia, biología… literatura.

—Biología —dijo el abuelo, tomando enseguida un sorbo de café con leche—. ¿Esa materia es sobre animales?

El abuelo había descubierto que dando muchos rodeos sobre un asunto ha podido, en algunas ocasiones, esquivar la intuición de aquella muchacha, que parecía descifrarlo todo. Hasta el momento la conversación iba bien.

—La biología trata de los seres vivos —dijo la abuela.

—¿De cuáles?

—De todos, plantas y animales.

—¿Animales domésticos?

—Y salvajes también —dijo ella.

—Qué interesante —comentó el abuelo—. ¿Te han enseñado sobre el tigre?

—Bastante —dijo Isabela—. Primero que todo, al que llamamos tigre, realmente es un jaguar que puede pesar más de cien kilos. Vive cerca de los ríos o en los bosques, cerca de lagunas, y raramente se le ve cerca de lugares muy abiertos, a no ser para cazar.

—Como los que atacan el ganado en el hato —interrumpió el abuelo.

—Exacto —dijo Isabela, que se veía que disfrutaba haciendo de profesora del abuelo—. Y normalmente ataca o sale a hacer cacería de noche, y durante el día prefiere descansar. Tampoco caza todas las noches, prefiere las que estén bien iluminadas por la luna.

—Vaya animalito —dijo el abuelo con verdadero interés—. Con razón es que amanecen reses muertas.

—Sí. Aunque, cualquiera que lo vea venir a lo lejos, pensará que es un animal muy lento y pesado, pero, cuando se lo propone, se puede tornar ligerísimo, peligroso y con una fuerza increíble.

—¿Y además de vacas, qué mas come? —preguntó el abuelo, que ya había terminado de comer y se había levantado para repetirse el desayuno.

—Bueno, además de animales grandes, se alimenta de otros más pequeños, como ratas o titíes, y es muy hábil para atrapar peces de aguas poco profundas. A veces, hasta atrapa aves que llegan a beber a las orillas de algún río. Se dice que es capaz de matar hasta grandes caimanes y no se le escapan ni las tortugas, porque las caza, las inmoviliza colocándolas de espalda y, usando sus uñas como bisturí, las abre y se las come. Aquí, Isabela hace un gesto con las uñas, tratando de parecer un jaguar, pero solo le sale un mini gesto, como una gatita. De todos modos, el abuelo se echa hacia atrás en la silla.

—Ah, caramba —dijo el abuelo—. ¿Y atacan a la gente?

—Normalmente no, a menos que se sientan amenazados o que se quiera agredir a sus crías. Allí sí, la madre perseguirá y matará, si es preciso, al agresor, sea hombre o bestia. Tampoco es que gusten de matar el ganado, solo lo hacen cuando su comida escasea, si no, no.

—¿Llegaste a ver al tigre del circo? —preguntó el abuelo—. Era muy manso.

—Sí —dijo Isabela—. Es que ellos pueden llegar a convivir con nosotros, siempre y cuando sean capturados cuando son cachorritos todavía.

—¿Te gustaría tener uno? —preguntó el abuelo.

—Oh sí —dijo Isabela, encogiéndose con sus brazos al pecho, como si abrazara un muñeco de felpa—, son muy tiernos.

—¿Puedes darme un poco más de café, Isabela?

—Claro.

La abuela le trajo más café al abuelo, se sentó frente a él en la mesa, lo miró unos segundos y luego posó su mano encima de la de él.

—Dime, Camacho ¿a qué vienen esas preguntas?

—¿Qué preguntas?

—Esas sobre la biología y el tigre...

—Oh —dijo el abuelo, fingiendo que ya no se acordaba—. Es que me gusta oírte hablar, me encanta tu voz y cómo explicas las cosas.

—Ah —dijo la abuela—, yo pensé que querías cazar un tigre.

—¿Cazar a un tigre? —Con todo lo que has dicho de ese animal, lo mejor es mantenerse lejos de él. ¿No crees?

El abuelo toma con sus manos las de ella y les da un apretón, mira a todos lados, no ve a nadie y las besa.

—Pues sí —dijo la abuela, correspondiendo con un beso en las manos de él.

El abuelo se sintió satisfecho en esta oportunidad, porque no había despertado en su amada ninguna sospecha sobre la intención que tenía para el día siguiente. Sin embargo, durante el resto de ese sábado no dejó de pensar en el animal aquel, en que podía ser muy rápido y certero si devolviera el ataque al cazador. Y pensó en esas uñas, tan afiladas que podían hender la cáscara de una tortuga. Pese a todo, también pensó que ya era demasiado tarde para echarse atrás, así que terminó de convencerse de ejecutar su misión: Matar al tigre y, de ser posible, capturar algún cachorro y traérselo a Isabela.

Cuando Isabela despertó esa mañana de domingo, algo tarde, ya el abuelo iba andando con paso vagabundo y lleno de aparejos, internándose en la montaña y tarareando una que otra canción:

A caballo vamos
P´al monte
Ta ra ra ra
P´al monte.
A caballo vamos p´al monte

Yo trabajo sin reposo
Para la la ri la la.
Yo trabajo sin reposo
Para poderme casar
Y la ra ra li ra la la
Seré un guajiro dichoso
A caballo, la ra, li la ra
A caballo vamos
P'al monte.[6]

Y así, entre canciones de sabor agropecuario lo tomó el espléndido sol del mediodía. Bajó del potro junto a un arroyo, se
tomó un trago de agua de una cantimplora, comió algo rápido,
dejó que el caballo bebiera y, como impulsado por el músculo del
amor, volvió a montar para tomar el tortuoso camino a la montaña.

Mientras tanto, Isabela notó enseguida que el abuelo no
estaba, ni su escopeta, ni tampoco su caballo, y corrió a donde
sus hermanos a preguntarles, pero unos le dijeron que no tenían idea de dónde estaba y otros, que a lo mejor había ido a la
hacienda. Ella les aguzó la mirada, porque sabía que mentían y
prometió ir donde su padre y acusarlos de algo. Pero el mayor
de ellos le replicó que ellos no podían estar pendientes de ese
muchacho todo el tiempo.

—Camacho no se iría sin desayunar y sin decirle a papá a
dónde va —dijo la abuela.

—Y sin decírtelo a ti tampoco. ¿Verdad hermanita?

—Pues... no, tampoco.

—Bueno —dijo el hermano de la abuela—, parece que el muchacho se ha ido para siempre y no quiso decirte a dónde fue.

—Él no haría eso.

—¿No? Pues ya lo hizo.

La abuela fue a contar el asunto a su padre, pero este no le dio
tanta trascendencia y más bien la tranquilizó diciéndole que a lo

mejor se fue a corretear conejos por ahí. Que estuviera tranquila, que él se sabía cuidar. Y así pasó el día y llegó la noche.

El abuelo sintió un poco de temor al comprobar que había luna llena. Gracias a ella, la arbórea montaña se proyectaba como cangrejos de sombras sobre él. Era una noche clara como las preferidas del jaguar para salir a cazar, según los datos peritos que le dijo Isabela. El abuelo se puso al pie de un árbol, encendió un fuego, buscó una manta entre los aparejos que cargaba en el caballo y se sentó envuelto en ella, solo dejando una mano en que sostenía una mazorca que exponía a las llamas en un gancho. Terminó de asarla y cenó con ella y unos sorbos de chicha que llevaba en un termo. Se levantó al rato para poner otra mazorca de maíz verde en la boca del caballo y volvió a recostarse al árbol con la escopeta cargada en su regazo. Arriba, la luna era un claro cerebro celeste que testimoniaba luz a la noche, abriendo un camino por entre vagones interminables de nubes. El abuelo dormía a ratos y ahuyentaba el posible miedo pensando en Isabela o mirando al caballo y preguntándose cómo podía este dormir de pie, o si en realidad no dormía. Y, pensando estas cosas, se dejaba vencer por momentos del sueño, pero despertaba al oír murmurando en el monte a sus criaturas huidizas y clandestinas. Como a medianoche, atizó el fuego, tomó una olla y preparó café y, mientras lo bebía, trajo a memoria el circo, el viejo tigre que no mordía personas. Tal vez, el tigre que él buscaba era igual de manso. También se acordó de los muchachos aquellos y de la enana; y, lógico, se acordó del payaso y, en momentos en los que dormitaba, creyó verlo en un fugaz sueño. No sabía, el abuelo, que en casa su Isabela no había logrado dormir y que estuvo esperando todo el día a que él apareciera, montado en su caballo, para que explicara dónde había estado.

Llegó la mañana, primero para Isabela, que no pegó los ojos, y más tarde para el abuelo, a quien lo despertó el caballo.

—Papá, Camacho no vino anoche —le dijo la abuela a su padre, mientras este tomaba café en la cocina. Unas ojeras alargadas dominaban el rostro de la abuela.

—Qué extraño, ¿verdad? —dijo su padre.

—Yo creo que mis hermanos saben algo. ¿Por qué no les preguntas?

—Bien —dijo el padre de la abuela y, llamando a varios de sus hijos que aparejaban los caballos, les preguntó si sabían algo del paradero del abuelo. Ellos le dijeron que a lo mejor lo había sorprendido la noche y se quedaría en la hacienda a dormir. Que era cuestión de ir a confirmarlo esa mañana. El padre de la abuela quedó conforme, pero la abuela, no.

—Papá, quiero ir con ellos.

—Hija, debes ir al colegio.

—Papá, anoche no dormí pensando que algo malo debió de pasarle a Camacho.

—Se nota que no dormiste —dijo el papá, tocando las mejillas de la abuela—. Más bien —añadió—, quédate y descansa hoy.

—Pero, papi…

—Vaya, parece que me quieren robar el corazón de mi niña.

La abuela guardó silencio y abrazó a su padre. Este sonreía mientras acariciaba su pelo. Esa mañana, la abuela se sentó sola a la mesa, pero no quiso probar bocado.

Los hermanos llegaron a la hacienda dialogando sobre el asunto y preguntaron a los vaqueros si habían visto a Camacho por ahí. Estos respondieron negativamente.

—Ya aparecerá —dijo a sus hermanos el mayor.

—Y ¿por qué no vamos y lo buscamos? —dijo otro.

—Ya hombre, de un momento a otro se aparece por aquí.

—¿Y si no aparece?

—Mala suerte.

Mientras, el abuelo ya se preparaba para proseguir su búsqueda. Ya había tomado café calentado en las brasas y un pedazo de panela. También dio panela en la boca al potro. Tenía más que comer, pero pensó que sería mejor guardar para el resto del día y se intrincó más en el bosque de la montaña, siguiendo hacia arriba la corriente de un arroyo. De día era todo diferente. El sol era apenas un grito de luz abriendo su primera memoria. El arroyo no sonaba a río. El abuelo se hizo higiene en él y aseó también al caballo. Vio aves de cabeza festiva y otros animales, que surcaban aquel campo sin puertas y trinaban y graznaban y ululaban, anunciándose como en un majestuoso tango global, bajo un cielo destapado. El abuelo se puso a cabalgar, impregnado de diligencia. Mientras, llovían los sonidos sobre ese laberinto de savia, la montaña se volvía casi un muro de árboles y el arroyo daba hacia lagunas y pantanos que soltaban su sarna y ayudaban a bloquear el paso. Los animales ahora eran siluetas más veloces, de gritos belicosos y ojos cimarrones. El abuelo vio a una iguana en pose vertical sobre un tronco, como en actitud de medirlo, y a un oso hormiguero, muerto entre unas raíces. Lo poco que quedaba de él estaba siendo comido por sus propias víctimas.

En casa, la abuela Isabela veía pasar las horas en creciente inquietud. Su padre la vio y la consoló diciéndole que esperase hasta la noche, que de seguro Camacho vendría con sus hermanos. Pero llegó la noche y los hermanos de la abuela regresaron solos, algunos visiblemente preocupados.

—¿Y Camacho? —preguntó la abuela.

—No estaba en la finca —dijeron unos. Otros no mostraban la cara.

La abuela miró a su padre, quien había empezado a elevar la voz.

—¡O me dicen dónde está ese muchacho o se largan de esta casa, ahora! —gritó.

—No sabemos —dijo el mayor.

—Sí saben —dijo Isabela.

Su padre se dirigió a uno de los menores, a quien se le notaba algo inquieto y no alzaba la cara, se le plantó al frente y le preguntó con firmeza:

—¿Dónde está Camacho?

El mayor de ellos, presintiendo una respuesta inminente y comprometedora, se adelantó a responder.

—Papá —dijo, haciendo que su padre volteara a mirarlo—. Él nos pidió que no contáramos nada, que le guardáramos el secreto... por eso no queríamos decir nada.

—¿Qué secreto? —preguntó el padre.

Isabela estaba algo llorosa, pero atenta.

—Él dijo que iba a cazar un tigre a la montaña.

Aquellas palabras hicieron que reinara el silencio por un instante.

—¿Que qué? —preguntó de pronto el padre de Isabela.

—¿Y ustedes sabían y no dijeron nada? —dijo Isabela lloriqueando.

—Él nos dijo: No digan nada —prosiguió el mayor.

El padre de Isabela se tomó la cabeza con las manos y restregó su cabello.

—Lleva dos noches ese muchacho en el monte, y ustedes tan tranquilos... ¿qué clase de personas son, ah?

—¿Qué querías que hiciéramos?

El padre de Isabela contiene la ira al mirar a sus hijos. Isabela llora sobre la mesa.

—Ve a buscar a hombres —le dice al menor—, rápido. Todos los que puedas, reúnelos aquí. Vamos a buscar a Camacho.

—Papá, pero ya es tarde —replica el muchacho.

—Ve, ahora —le dice su padre poniendo su cara crispada muy cerca de la su hijo.

—¿Y nosotros? —pregunta el mayor.

—¿Ustedes? —dice el padre de la abuela—. Ustedes vienen también... y más les vale que nada malo le haya pasado a ese muchacho.

Cerca de las diez de la noche había una compañía bastante numerosa de hombres en la casa de la abuela, la mayoría armados de escopetas, tomando café y siendo informados del asunto. Todos eran trabajadores de la quesera o amigos muy cercanos del padre de Isabela. Hombres con cierta experiencia en estos asuntos del monte. Por consenso, resolvieron esperar las tres de la madrugada para salir; así que uno que otro regresó a su casa, otros colgaron una hamaca en el patio y la mayoría hizo de aquello una ocasión para tomarse unos tragos de ron, comer lo que hubiera en la cocina y jugar unas partidas de dominó. Cuando fueron las tres, se reunieron en el patio, incluyendo los que se fueron a sus casas y los hermanos de Isabela. Mientras tomaban café caliente, disponían los caballos y cargaban algo de comida, se les hicieron casi las cuatro de la madrugada. Isabela despertó y se aproximó para dar los buenos días.

—¿Qué haces despierta tan temprano, hija? —le dijo su padre.

—Vine a desearte buena suerte, papá.

Su padre la abrazó fuerte y enseguida le dio un beso en la frente.

—No te preocupes —le dijo—. No volveremos sin ese moreno.

—Gracias papá.

—Ve a dormir.

—¿Ya para que? —dijo Isabela—. Ya ahorita amanece. Voy a tomar café.

—Vámonos —dijo el padre de Isabela a los hombres, más de veinte, que abrieron el portón del patio y, montando cada uno su caballo, se pusieron en camino a la montaña.

Mientras iban, entonaban tradicionales cantos de vaquería.

X

Esa noche, el abuelo había trepado a un árbol y se recostó en el enclave de dos ramas gruesas, una especie de axila de madera. Desde allí, y ayudado por la claridad de la luna, tenía una excelente visión. Se podía ver el pantano medio oculto y una vena de agua que sería después el arroyo. Abajo dejó al caballo y una fogata. Al abuelo lo sorprendió que el monte fuera tan laborioso, tanto de día como de noche. Sentía a los jejenes en la cara y oyó la tos de pájaros nocturnos y pensó mucho en el oso hormiguero, siendo serruchado por las hormigas, convertido en la carroña de su propia hambre.

Ignoraba qué horas serían, así que se puso a pensar en la luna y le dieron ganas de trepar hacia ella por la atmósfera, desnudo y en compañía de Isabela. Se puso a meditar en la luz y descubrió para sí mismo que la luz no se envejece. Y dejó a su mente girando en la rueda de esta idea por un buen rato. Y se decía: *Todo se pone viejo: la gente, los animales, los árboles; todo envejece y muere, menos la luz.* Pensó también escribir esto cuando llegara a casa o contárselo a Isabela, pero al rato ya estaba meditando en otra cosa.

Sacó de la mochila un termo en el que había envasado café, se sirvió un poco en una totuma y lo bebió despacio. Luego, bajó por una cuerda a comprobar el estado de su caballo y a darle un trozo de panela. De pronto se sobresaltó al oír que algo cayó pesadamente en el pantano. Enseguida se vio a sí mismo despertando en lo alto del árbol y comprobó que mucho de lo que había pensado, meditado y hecho, en realidad lo había soñado.

El abuelo miró en dirección del ruido y entre las rayas de claridad, vio al jaguar nadando en la fosforescencia de las aguas, acompañado, en la orilla, de lo que parecían unos cachorros y, aunque estaban algo lejos, apretó la escopeta. El animal se movía en el agua y entre las hojas pulidas por la luz y luego se desplazaba por tierra, entre matorrales. Lo hacía con confianza, con una opulencia definitiva, como si no tuviera rivales en el entorno. Quedó fascinado por unos minutos, contemplando a aquel increíble animal, y decidió esperar para ver si se le daba por acercarse; así lo tendría a tiro, lo mataría y se apoderaría de alguna de sus crías. Pero pasó un buen rato y el animal no hacía sino entrar y salir del pantano y juguetear con sus cachorros; evidentemente, era un jaguar hembra. La luna bajaba y la oscuridad ampliaba sus dominios. El abuelo sintió que debía hacer algo pronto o tal vez le tocaría pasar otra noche en el monte. Decidió bajar del árbol y, cuando lo hacía, resbaló y cayó de forma aparatosa, doblándose el tobillo. Su primera intención, al sentir el dolor, fue regresar por la cuerda a las ramas del árbol y quedarse allí encaramado, pero se serenó y caminó como pudo en dirección al jaguar. Ya cerca, se buscó un buen ángulo de tiro. El animal se veía espléndido de aquel lado del charco. El abuelo disparó, pero no le dio. El ruido alborotó a todo el monte dormido, la fiera se incorporó, identificó la posición del cazador, levantó sus orejas, le mostró el acero de sus colmillos y, sintiéndose bajo amenaza, se lanzó asesina al agua en dirección del cazador. El abuelo sacó un manojo de balas del bolsillo, pero, por mirar al jaguar, se le cayeron en la oscuridad. Pensó rápido en buscarlas entre la hierba, pero prefirió correr a ponerse a salvo. A pesar del dolor en su pie, corrió. En su desesperación, se confundió y fue en dirección de otro árbol, luego se orientó y se enrumbó cojeando hacia donde veía al caballo. Tomó la cuerda y se trepó más alto que antes. Desde lo alto vio al caballo que se inquietaba, y no por uno, sino por tres jaguares que le rodearon. La escopeta había quedado tirada, por la carrera, en algún lugar y el fuego de la hoguera se extinguía. El caballo quedó a expensas de los depredadores y era poco lo que podía hacer por sí mismo. Estaba sentenciado a muerte. En minutos, quedó reducido. El abuelo contempló la masacre desde lo alto del árbol y lloró en silencio. No sabía si lloraba por el caballo o por su fracaso o por lo que dirían en casa de Isabela o por todo junto. Sintió por momentos ganas de bajarse y pelear a puños con los jaguares, salvar de sus dientes y garras al único caballo que había tenido en su vida. Pero tuvo la suficiente sensatez para pensar que estaba en desventaja y que lo mejor sería esperar.

Allí lo tomó la mañana. El abuelo se sorprendió de lo rápido que amaneció en este bosque sin gallos. Dos jaguares se habían ido, pero uno se quedó dormido cerca de los restos del caballo. Todavía quedaba mucho de él. El abuelo se quitó la bota del pie lastimado y comprobó que estaba bastante hinchado y que respondía con dolor al mínimo toque de sus dedos. Ardía de rabia y arrojó la bota al cuerpo del jaguar, que ni se inmutó, solo levantó la cabeza, miró alrededor y se volvió a echar. Ahora, el abuelo pensó que para qué le servía tener una sola bota puesta; así que se la quitó y la arrojó certera a la cabeza del jaguar y lo impactó. Este se levantó sorprendido, dio un giro a la carroña del caballo, se aproximó, olió una de las botas del abuelo y dio un salto atrás; luego se alejó lentamente hacia el pantano. El abuelo recordó que Isabela le había dicho que ellos, de día, prefieren dormir y parece que era eso precisamente lo que se había ido a hacer. Sin embargo, inspeccionó visualmente la zona, antes de decidirse a bajar de su refugio.

El abuelo contempló cómo ya las hormigas habían llegado a invadir los restos del caballo muerto.

—No debí dejarte amarrado, amigo —dijo—, si hubieras estado suelto, a lo mejor te hubieras salvado.

El abuelo lloró. Luego dio un rodeo y halló la escopeta llena de rocío. Buscó inútilmente las balas, pero parecía que se las hubiera tragado la tierra. Volvió donde estaba el cadáver del potro y tomó a pulso la montura que había dejado al pie del árbol. Entonces pensó que pesaba demasiado para llevarla de vuelta, sobre todo con la condición de su pie. Tomó el machete de entre los aparejos que llevaba y decidió recostarse al árbol, usando la silla como almohada y, sin proponérselo, se quedó dormido casi hasta mediodía, hora en que lo despertaron las picaduras de unas hormigas. Sacó una mazorca de maíz verde, pero no tenía ganas de encender fuego; así que comenzó a comérsela cruda. Le dio un par de mordidas y la botó. Pensó: *¿como pueden los pájaros comer algo así?* Después sacó de un fardo algo de la comida que no quiso comer el primer día: un pedazo de carne disecada, a la que dio un mordisco, y un trozo de pan duro. Tomó panela y la puso en una olleta con agua que había sacado de un recipiente y así esperó la tarde. No tenía ganas de caminar, su pie estaba demasiado hinchado y adolorido.

Mientras, el padre de la abuela y el resto de hombres aligeraban la marcha no queriendo ser sorprendidos por la noche, reposando solo para comer algo ligero o para orientarse en la manigua. Se guiaban, de acuerdo a los posibles lugares en que andaría un cazador tras una presa como un jaguar. Entonces, buscaron por las charcas. Se toparon con excrementos humanos y de caballo, lo cual les pareció una buena señal.

Al ver que la tarde avanzaba, el abuelo optó por treparse otra vez al árbol para sentirse más seguro. Dejó la escopeta recostada y subió descalzo, tan solo con el machete y algo de comida en una mochila. Se tomó toda el agua de panela. Desde arriba, ahora vio lo poco que quedaba del caballo y más hormigas consumiéndolo. Se dio cuenta de que en el monte, como en la casa de Isabela, también imperaba la cultura de comer. El abuelo se acomodó en su horqueta, se envolvió en la manta y se dispuso para pasar otra noche en la soledad. *Mañana será otro día*, pensó, y le llegó el sueño siendo temprano todavía. La luna estaba alta cuando el abuelo, en su sueño, oyó que le llamaban y despertó. Dispuso el oído y oyó voces de hombres que gritaban su nombre. Se incorporó y notó que las voces parecían acercarse y después ya no solo eran voces, sino voces, ladridos y luces que aparecían entre el monte.

—¡Aquí estoy! —comenzó a gritar el abuelo, sin tener certeza de quién lo llamaba.

—¡Camacho!

—¡Aquí!

Y sonaba el machete en la corteza del árbol.

—¿Dónde? —preguntaba, y ladraban los perros.

—¡Arriba!

Y llegaron las voces justo debajo del árbol.

—¡Camacho! ¿Donde estás?

—¡Aquí, arriba! —gritó el abuelo. Y lo ayudaron a bajar a esa hora, el padre de la abuela y los otros hombres. El abuelo dijo que su pie estaba dislocado, así que lo trasladaron con mucho cuidado.

—Tenemos que irnos enseguida —dijo el padre de la abuela.

—Mataron al caballo —dijo el abuelo muy compungido.

—Tranquilo, lo que importa es que estás bien.

Los hermanos de la abuela recogieron las cosas que tenía allí el abuelo y las cargaron en sus caballos. A él lo subieron a uno de los caballos con un trabajador y a esa hora regresaron a casa. En el descenso fueron más rápido y, a pesar de la oscuridad, cuando llegó la mañana ya estaban en las cercanías del pueblo.

—Si apretamos el paso llegamos al desayuno —dijo el padre de Isabela.

Nadie respondió. Por ahí, uno de ellos comenzó a declamar unas décimas y otro le respondió del mismo modo, en décimas.

Cuando llegaron, antes del mediodía, ya el abuelo no podía con el dolor del pie, pero, sobre todo, le dolía el corazón por lo que pasó. Isabela, con algunas empleadas y mujeres de los vaqueros aquellos, salió a recibir a la compañía y se asustó al ver que traían al abuelo cargado entre dos.

—Viene mal —dijo el papá de la abuela.

El abuelo venía casi desmayado y su pie exageradamente inflamado. Isabela se alarmó.

—¿Qué hago, papá? —dijo.

—Manda a buscar al indio, para que le arregle el pie.

El indio era un individuo famoso porque, a base de dolor, enderezaba huesos salidos o sanaba torceduras. Al abuelo lo acostaron en una cama.

—Camacho, ¿me oyes? —preguntaba el padre de la abuela—. Ya vienen a arreglarte ese pie.

El abuelo no atinaba a responder.

—Ya viene, papá —dijo Isabela entrando a la habitación y refiriéndose al indio.

—Quédate aquí con él, voy a mandar que hiervan agua, seguro que el indio la va a necesitar.

—Bueno —dijo la abuela, que de inmediato tomó las manos del abuelo en las suyas.

—Isabela —dijo el abuelo desde un quejido.

—Quédate tranquilo —le dijo la abuela, sollozando.

—Isabela... perdóname por lo que hice.

—¿Y por qué hiciste eso, Camacho?

—Quería demostrarte...

—¿Demostrarme qué, Camacho? Has podido morir.

—¿Soy un tonto, verdad?

—Sí, eso eres, un tonto. ¿Cómo se te ocurrió una cosa como esa?

—Aquí está el indio —gritó alguien desde afuera y entró al rato un hombrecito gordo fumando un resto de tabaco.

—A ver, ¿dónde está el paciente?

—Aquí —dijo Isabela.

—Uuy —dijo al ver el pie del abuelo—. La situación es gramática —añadió.

—Será dramática —corrigió la abuela.

—Bueno, ¿quién es el indio aquí? —dijo.

—Usted —dijo Isabela riendo.

—Entonces, es gramática, porque va de la «a» a la «zeta» —y, acercándose al abuelo, le tomó el pie entre sus manos y comenzó a sobarlo.

El abuelo se retorcía. Isabela tomaba su mano. El indio daba vueltas como sobre un eje y el abuelo sentía que lo que le apretaban era la tuerca del dolor.

—A, de aguante —dijo el indio tras el quejido del abuelo al primer contacto de sus manos más que ásperas.

—Be, de bruto —prosiguió el indio—, hay que serlo para hacer lo que me contaron que usted hizo, muchacho.

El abuelo tenía sus ojos apretados e Isabela aguantaba la risa.

—¿Ce, de qué? —preguntó Isabela sonriente.

—De cabezón —dijo el indio, restregando la piel del tobillo y sacando un quejido a la boca del abuelo.

Así, aquel hombre continuó con el abecedario más largo que al abuelo le tocó escuchar, cada letra era un dolor.

—Aguante —decía el indio luego de un rato—. Vamos apenas por la efe, de feo; que debe de ser lo que usted está sintiendo ahora, algo bien feo —y seguía untando mentoles y dándole giros al pie, pasando por la ele de loco, por la pe de peligroso y la te de tonto, hasta llegar a la ansiada zeta, de zopilote, que eran, dijo el indio, los que se lo iban a comer, si no lo encuentran a tiempo.

—¿Ya? —preguntó el abuelo.

—¿Ya? —preguntó Isabela.

De pronto, algo sonó en el pie del abuelo.

—Ya —dijo el indio—. Lávenle el pie con agua tibia.

Fue tan grande el alivio que experimentó el abuelo que al rato se quedó dormido como un bebé.

—Bueno —dijo el indio al padre de la abuela—, misión cumplida.

—¿Cuánto te debo?

—Dame para una botella de ron y unos tabacos —dijo el indio—. Tengo que salir ahora para el cerro y eso está como a quince o dieciocho tabacos de aquí.

Este era un modo común de medir las distancias. Cuando se preguntaba o se decía dónde quedaba tal o cual pueblo, caserío o lugar, se daba el kilometraje en los tabacos que se alcanzaba a fumar el viajante mientras llegaba al sitio. Fumara o no, la gente hablaba de tabacos, como hablar de kilómetros; por eso, el indio dijo que el cerro estaba como a quince o dieciocho tabacos, porque seguramente esa era la cantidad aproximada que fumaría mientras llegaba. El padre de la abuela le dio unos billetes, agradeció y despidió al indio, y se fue al cuarto a ver al abuelo. Isabela aún estaba allí.

Sin embargo, el abuelo dormiría hasta el día siguiente. Cuando despertó, se sorprendió de estar en una habitación y en una cama con sábanas limpias. Miró a un lado y vio una mesita con una jarra, un vaso con agua y unas flores en un florero. Sin dudas, pensó: *alguien me ama*. Incorporándose, posó su pie sobre el piso y comprobó que ya no había dolor ni hinchazón. Pensó en salir de inmediato, era algo tarde y se podía escuchar en el patio el ajetreo de los trabajadores.

—Cómo pude dormir tanto —se dijo, avergonzado.

Salió y mientras iba hacia el patio pasó cerca de la cocina y notó que las cocineras se pusieron a cuchichear. Una de ellas le llamó para desayunar, pero el abuelo se excusó diciendo que primero tomaría un baño. De camino al baño, los empleados paraban su faena y parecían hacerle una venia de respeto con la cabeza. Otros alzaban la mano y le saludaban, pero él pasó rápido ante ellos. Se bañó y luego tomó el desayuno. Allí llegó el padre de la abuela, quien se sentó con él a la mesa. Las empleadas le trajeron café. Dialogaron. El padre de Isabela quería saber los verdaderos motivos que llevaron al abuelo a hacer lo que hizo. El abuelo entendió que este hombre no tenía nada que ver en el asunto, pero consideró que no valía la pena inculpar a nadie, sobre todo cuando Isabela le había recomendado ya otras veces que no prestara atención a sus hermanos.

—No sé qué me pasó, señor —atinó a decir el abuelo con el rostro avergonzado.

El padre de Isabela se mostró muy comprensivo con él y le dijo algo como que era mejor un hombre prudente que aquel que conquista una ciudad. Y como le veía tan cabizbajo, le reiteró su aprecio diciéndole que el caballo se podía recuperar, pero que si a él le hubiera pasado algo fatal habría sido una pérdida irremediable.

Sin embargo, muy a pesar de las manifestaciones de aprecio y de apoyo, no solo de Isabela y su padre, sino también de los trabajadores, el abuelo cayó en una especie de tristeza, mezclada con la vergüenza por no haber cumplido lo que se propuso. Se sentía por dentro como si se hubiera bajado de la alegría de estar en ese lugar, de trabajar allí cada mañana o de ir a hacer de capataz en el hato y, aunque seguía estando presente, todos notaban una lejanía interior en él. El abuelo se sentía el culpable oficial de algo. Aun con Isabela su regocijo no tenía el mismo volumen. Sabía que la amaba y ella a él, pero, definitivamente, algo estaba marchitado en las palabras del abuelo.

—Parece que te estuvieras despidiendo —le dijo ella un día en que el abuelo, tomando fuerte sus manos, le decía que a veces había que cometer errores para que hubiera un cambio de rumbo y un cambio de vida.

—Con que me hubieras regalado una flor, me habría sentido bien —le dijo ella en otra ocasión en que hablaron del cachorro de jaguar que pensó traerle.

Una tarde en que la abuela regresó de sus clases, al pasar por la cocina, una de las cocineras la llamó y le entregó un sobre cerrado y una rosa adherida al mismo.

—Me dijo que se la diera, señorita —le dijo la empleada.

—¿Quién?

—Camacho —la abuela tomó todo aquello y, yéndose a su cuarto, puso la rosa en su mesita de noche, abrió el sobre y leyó:

Querida Isabela, cuando leas esta carta,
seguramente estaré muy lejos.
He decidido irme a buscar mi destino.
Quiero intentar algo nuevo.

No pienses que me voy porque no te quiera.
Creo que esto lo estoy haciendo por ti
y por mí.
Porque te amo y porque,
cuando regrese, estaremos juntos
para siempre.
Te dejo esta rosa y procura
hacerla vivir lo más que puedas.
Recuérdame, yo también te recordaré
donde quiera que esté y te escribiré.
Dile a tu padre que estoy muy agradecido
de lo bueno que fue conmigo.
Te quiere:
Camacho.

—Ay, Camacho —dijo la abuela, ya envuelta en llanto, y salió corriendo a refugiarse en los brazos de su padre.

—Fue lo mejor —dijo el mayor de los hermanos de la abuela al resto de sus hermanos cuando se enteró.

Dos o tres de ellos expresaron un poco de tristeza, porque, a pesar de todo, habían comenzado a ver al abuelo de un modo diferente.

XI

«QUERIDA ISABELA». Así comenzaba la primera carta que la abuela leyó del abuelo, ahora distante. Realmente así empezaban todas. Pero esta decía que se encontraba bien, que laboraba en el muelle y que se había hecho amigo de algunos capitanes de barcos de carga. Que había conocido gente de Filipinas y de Hong Kong. Un par de meses después recibiría la segunda.

Querida Isabela.
Te escribo desde Filipinas.
Estoy trabajando en una embarcación.
Poco nos dejan bajar a conocer, pero, según puedo ver,
es un lugar muy bonito.
Te escribiré de nuevo
apenas pueda.
Te quiere:
Camacho.

La abuela habilitó un cofre para guardar las cartas del abuelo y decidió no escribirle, presintiendo que, tal vez, cuando llegaran sus cartas, ya el abuelo estuviera en otro lugar. Siguió recibiendo cartas de una decena de lugares el primer año. Al principio lloraba mucho, pero luego hasta sonreía de las cosas que el abuelo le contaba.

Querida Isabela.
Hoy entramos por el Mississipi.
Fue increíble,

pensé que el barco se partiría.
Es muy lindo estar aquí.
Te quiere:
Camacho.

Como un mes después, la abuela recibió otra carta en la que el abuelo le contaba que el barco se había ido y que él se había quedado de manera ilegal en el país, pero que se había hecho amigo de algunos negros de Nueva Orleans que se lo llevarían a trabajar con ellos. La abuela estuvo preocupada hasta que volvió a recibir una nueva misiva en la que decía que ya estaba ubicado trabajando, ganando dinero y aprendiendo el idioma. Por eso, de ahí en adelante, terminaría sus cartas escribiendo «*I love you*» y, entre paréntesis, escribía: «eso significa, te amo». En lo sucesivo, iría introduciendo nuevas expresiones inglesas de amor en sus cartas, con su respectiva traducción, entre paréntesis, para Isabela. A esta le parecía muy divertido y leía para su padre estos apartes de las cartas del abuelo. La carta más graciosa que recibió la abuela y que la hizo reír hasta dormida como por dos meses, fue una en que el abuelo le decía:

My dear Isabela (que significa, mi querida Isabela)
I love you con el corazón (*I love you* es yo te amo y corazón es corazón)
I am bien (yo estoy bien)
I am trabajando (Yo estoy trabajando)
Para irme a *married* con *you* (*married* es casarme y *you* eres tú)
Bye (esta es la despedida)
I love you (arriba te escribí lo que significa)
 Luke Camacho—

Como el abuelo enviaba la dirección y daba la impresión que estaría en ese sitio por mucho tiempo, la abuela le escribió:

Señor Luke Camacho:
Aunque tenga usted el mismo apellido de

mi amado Lucas, no puedo aceptar
casarme con usted
ya que mi corazón
le pertenece precisamente
a Lucas.
Ahora, si usted llega a encontrarse con él,
dígale que lo recuerdo mucho,
que gracias por la rosa
y que cuando vuelva
recibirá un rosal.

Luego de esto, el abuelo no tardó en responderle a Isabela,
con una elemental inocencia, que Luke y él eran el mismo per-
sonaje. La abuela no paró de reír por la respuesta. El abuelo siguió enviando sus graciosas cartas bilingües e informando a la
abuela sobre sus actividades. Le contó que trabajó en tabernas o
clubes nocturnos, en el arreo de ganado y ordeñando las ubres
inexhaustas de vacas prodigiosas y que recogió algodón a la par
con negros semi esclavos, que, según él le explicara a la abuela,
no cantaban, sino que gemían mientras laboraban.

Estoy ahora en una ciudad
Que huele a maní.
Escribió en una carta el abuelo.
Hay hombres negros
que tocan trompetas
en el tren de
Memphis.

El abuelo describiría cada lugar al que iba como una tierra
de personas alegres, un lugar de gente trabajadora o una tierra
bendecida. Llegaría también a las puertas de una tabacalera y en-
tablaría amistad con la gente de gerencia, a quienes les sorprendió que alguien hubiera venido de tan lejos para querer trabajar

en ese lugar. El abuelo les cayó muy bien a los norteamericanos, quienes le dijeron que, si alguna vez quisiera regresar a su país y sembrar tabaco, ellos le ayudarían y le comprarían todo el producto. Al principio no tuvo mucho interés en la propuesta, así que estuvo trabajando un largo tiempo en aquella compañía. Fue solo después de recibir una carta de Isabela, cuando pensó realmente en la posibilidad del retorno a su tierra.

Mi padre ha muerto

Decía la carta. Esto estremeció al abuelo, quien le respondió a su amada, diciéndole cuánto lo sentía y que hubiera querido estar a su lado en un momento como ese. Le dijo, además, que apenas tuviera la seguridad económica para volver, lo haría. Más cartas hicieron puente entre ellos, entre sus sentimientos y sus sueños. Ahora se atrevían a hablarse de su hogar, de los hijos que querían tener y demás. La abuela le diría por este medio que había comenzado a dar clases en la escuela primaria del pueblo. El abuelo le respondió que esperaba que le fuera muy bien, ya que él pensaba que ella tenía vocación para enseñar. El abuelo se sentía tranquilo porque, al parecer, Isabela había superado pronto la tristeza por la muerte de su padre, o por lo menos sus letras no la reflejaban.

Un feliz día, Isabela salía de su trabajo en el colegio y, yendo distraída, no se percató de que alguien la seguía. Solo volteó a mirar asombrada cuando le dijeron:

—Hola, preciosa.

El abuelo nunca olvidaría los increíbles ojos de asombro y amor que hizo Isabela cuando, al mirar, lo vieron a él. No hubo más palabra en el momento, solo lágrimas de ambos y un abrazo y un beso que detuvo el tiempo y congregó en ellos todas las distancias pasadas, presentes y futuras.

—¿Vamos a casa? —preguntó la abuela después de un rato, pero el abuelo le dijo que no, que él tenía dónde quedarse y que ya estaba ubicado.

—Me dolió lo de tu padre —le dijo el abuelo.

—Lo sé —dijo ella y le contó que su padre siempre le decía que volvería, que el buen hijo siempre vuelve a casa.

—Vine a casarme contigo. Quiero que seas mi esposa.

—Lo seré —dijo ella.

—Iré a hablar con tus hermanos. ¿Te parece?

—Te pido que me des un tiempo para preparar el terreno... dijo Isabela.

El abuelo la contempló y le dijo:

—Bien... yo también necesito un tiempo para organizar cosas.

Esos días, el abuelo Lucas se ausentó porque se dedicó a la compra de tierras para cultivar tabaco. Fue así como vino a dar a estos terrenos donde ubicaría su casa y viviría con la abuela. Estas eran unas tierras ociosas antes que llegara el abuelo, quien sembró grandes hectáreas de tabaco y llegó a contar con muchos empleados para dicha labor. El suelo se volvió amargo, pero el abuelo llegó a ser muy próspero. Mientras, la abuela trabajaba el terreno del ánimo de sus hermanos contra su amado. El abuelo Lucas les había traído a todos ellos algunos detalles y se los hizo llegar por medio de Isabela. Ellos se portaban muy recelosos y cuestionaban la prosperidad del abuelo, el modo en que hablaba y hasta la ropa de vaquero que usaba. A partir de ahí la abuela comenzó a reparar en algunas cosas de las que decían sus hermanos. Por ejemplo, el abuelo caminaba abriendo las piernas de manera exagerada; hablaba siempre con una pajilla o una fibra de hierba entre los dientes; y no dejaba de decir cosas como «preciosa» o «bella dama» o «¿qué tal, señorita?». Total que en él, sobre todo en su modo de hablar, había una extraña combinación trópico-texana. La abuela rió de esto.

Vino una vez el abuelo a visitar a la abuela un día que sus hermanos no estaban. Llegó en un elegante caballo que se había comprado. Con ropa de vaquero, incluyendo un blanco sombrero de ranchero y unas botas de cuero con espuelas.

—Hola preciosa —dijo con la consabida pajilla entre sus dientes y el peculiar giro idiomático de los vaqueros gringos.

—Hola —dijo ella, con asombro, mirando el caballo en que llegó.

—¿Le gustaría a la bella dama dar un paseo?

—Sí —dijo la abuela—, pero con Camacho, no con Pecos Bill...

—¿Cómo dice la señorita?

—Lo que digo —dijo Isabela— es que si quisiera un payaso me hubiera casado con Camachín y no habría tenido que esperar tanto tiempo a alguien que hablara como el conejo de la suerte... eso.

La abuela había aprendido a enojarse colocando las manos en su delgada cintura y mirando fijamente. El abuelo naufragó en su mirada y, por toda respuesta, le dio un beso.

—Quiero a Camacho —dijo Isabela luego del beso y en tono de ternura y siguió: —el loco aquel que salió un día a matar un tigre. Me gusta tu ropa de vaquero, pero nada más...

—Okey, digo, muy bien... entiendo. —dijo el abuelo, quien desde ahí y rápidamente, recuperaría su verdadero modo de hablar.

Ese día salieron a pasear en el caballo y, mientras lo hacían, recordaron aquel sábado que galoparon juntos por la pradera y terminaron conversando de los planes que ambos tenían y de la boda y de los hijos. Nada parecía interponerse en su camino.

El abuelo galopó un día hasta la hacienda del difunto padre de Isabela, ahora administrada por los hermanos de esta. El sabía que allí podía encontrarlos a todos. Los primeros en recibirle fueron los viejos vaqueros, quienes no ahorraron elogios para el aplomado jovencito aquel. Luego de dejar el caballo amarrado, el abuelo se dirigió a otro grupo de hombres, entre los que se encontraban los hermanos de Isabela.

—Buenos días —saludó.

—Buenos días —respondieron los que no lo conocían y dos o tres de los hermanos de la abuela, quienes se acercaron y le saludaron también con un apretón de manos. Los otros guardaron silencio.

El abuelo pidió hablar con ellos a solas y aquellos hombres que no le conocían se fueron, quedando solo los hermanos de la abuela. Sin más rodeos, el abuelo les dijo con franqueza que había venido a casarse con Isabela.

—Mira, ¿Camacho te llamas, verdad? —dijo el mayor—. Lo último que papá nos recomendó antes de morir fue que si tú algún día te volvías a presentar por aquí no dejáramos que te casaras con Isabela.

—Sí, eso dijo —afirmó otro, mientras se acomodaba la escopeta desde la espalda hacia el pecho. Lo mismo hicieron dos más.

—Bien —dijo el abuelo, caminó hasta donde dejó el caballo amarrado, extrajo de un largo estuche de cuero, un niquelado rifle Winchester de dos cañones, modelo 1896, y lo hizo descansar sobre su hombro al tiempo que caminaba hacia ellos.

—Hay dos maneras de hacer esto, la difícil y la fácil —les dijo, haciendo reposar ahora los cincuenta y seis centímetros de cañón del rifle sobre su mano izquierda y teniendo el índice de su derecha en el gatillo.

El arma brillaba bajo el sol y el muchacho, el abuelo, se veía imponente. El hermano mayor de la abuela se quedó mudo, mirando, sobre todo, al rifle, después fue levantando la mirada hasta el rostro exageradamente serio del abuelo y luego volteó a ver a sus hermanos, quienes tenían los ojos como fuera de órbitas, mirando al abuelo y su terrible rifle. La expresión de los rostros de ellos era tan cómica, en contraste con la cara de pistolero del abuelo, que le provocó una leve sonrisa. Bastó al hermano mayor de la abuela comparar los rostros de sus hermanos con el del abuelo para que la sonrisa se volviera una risa que se convirtió en una carcajada, a la que se fueron sumando primero uno, luego el otro y, al final, hasta el abuelo terminó riéndose de la risa de ellos. Aquella risa continuaría durante todo el día y se haría una risa histórica; porque, riendo, traían a colación los incidentes que vivieron con el abuelo, y fue una risa de reconciliación, porque terminaron abrazándose entre ellos.

—Y ese rifle... ¿lo compraste por allá? —preguntó el hermano mayor de la abuela.

—Sí. Es automático, doble cañón, recarga cada doce tiros —dijo el abuelo—. Míralo.

—Guao. Con este si matas al tigre.

—Una manada —dijo el abuelo.

El hermano de la abuela apuntó e hizo una detonación con la boca.

—Dispáralo —dijo el abuelo.

Se retiraron a un lugar despejado e hicieron algunos disparos.

—La sensación es tremenda —dijo el hermano de la abuela.

—¿Te gusta?

—Pero, claro —dijo el hombre.

—Es tuyo.

—¿Cómo? ¿En serio?

—Claro —dijo el abuelo—, y, además, te luce.

—Hombre, gracias. Es un gran regalo.

Y así, el abuelo y sus futuros cuñados dieron vuelta a la página de una larga y madurada enemistad.

XII

U NA MAÑANA, exactamente después de aquella tarde en que pasó el hombre con la carga de agua en su burro, pocos días antes de terminar esas vacaciones que me traen todos estos recuerdos, pregunto, entre otras cosas, al abuelo que si se había quedado sin rifle definitivamente. Me dice que no, que apenas pudo encargó uno, de marca Remington, también de buenas propiedades. La amistad entre los hermanos de la abuela y el abuelo Lucas, se fortaleció más y llegaron incluso a asociarse en el negocio del tabaco y en la cría de ganado. La compañía tabacalera creó una procesadora a unos kilómetros de aquí y allí iba a parar el tabaco que sembraba el abuelo. No se preocupaba sino de sembrarlo, ya que los camiones de la compañía venían a recogerlo en su momento.

—Abuelo —le digo—. ¿Y cómo se te ocurrió hacer esta casa?

—El año que me casé con tu abuela y que ya tenía tiempo sembrando para la compañía tabacalera, hablé con los gringos y les dije que quería regalarle a mi futura esposa una casa como los ranchos sureños del Mississippi. Ellos me dijeron que me ayudarían y, una semana después, llegó un grupo de gringos. Solo fue cuestión de comprar los materiales y en menos de un mes ya tenían la casa prácticamente hecha. Con un pozo y con un molino de viento. Luego yo adaptaría una motobomba. Cuando fui a pagarles no aceptaron y me dijeron que ya todo estaba cubierto. Así que me casé, y el regalo de bodas que di a tu abuela fue esta casa. Después, la llenaríamos de cosas, incluyendo un radio que los obreros norteamericanos dejaron olvidado. Cuando lo llevé a la procesadora, quise entregarlo; pero allí me recomendaron que ya me quedara con él. Así que por un tiempo lo tuve sin usar, hasta que tu abuela lo encendió, y hasta hoy sigue sonando.

El abuelo tiene a la mano el libro que me diera a leer ayer y del cual leí solo nombres. Va pasando sus páginas, al tiempo que me dice:

—Siempre he creído... —dice, y busca hacia adelante y hacia atrás en las páginas— siempre he creído en el amor en inglés.

Le preguntó cómo es eso. No contesta, porque está distraído aún buscando algo.

—*Love* —dice.

Yo sigo sin entender y el abuelo no termina de encontrar la página que busca.

—Amor en inglés —me dice—. Se dice de un modo, se escribe de otro y significa para nosotros otra cosa. No basta con decir, «te amo». Hay que demostrarlo, mira, lee aquí —y me extiende el libro abierto señalando con su dedo, desde donde quiere que inicie la lectura.

—Número cuatro —comienzo yo—. Una mujer, de las mujeres de los hijos de los profetas, clamó á Eliseo, diciendo: Tu siervo mi marido es muerto; y tú sabes que tu siervo era temeroso de Jehová: y ha venido el acreedor para tomarse dos hijos míos por siervos. Y Eliseo le dijo: ¿Qué te haré yo? Declárame qué tienes en casa. Y ella dijo: Tu sierva ninguna cosa tiene en casa, sino una botija de aceite. Y él le dijo: Ve, y pide para ti vasos prestados de todos tus vecinos, vasos vacíos, no pocos. Entra luego, y cierra la puerta tras ti y tras tus hijos; y echa en todos los vasos, y en estando uno lleno, ponlo aparte. Y partióse la mujer de él, y cerró la puerta tras sí y tras sus hijos; y ellos le llegaban los vasos, y ella echaba del aceite. Y como los vasos fueron llenos, dijo á un hijo suyo: Tráeme aún otro vaso. Y él dijo: No hay más vasos. Entonces cesó el aceite. Vino ella luego, y contólo al varón de Dios, el cual dijo: Ve, y vende el aceite, y paga á tus acreedores; y tú y tus hijos vivid de lo que quedare.[7]

—¿Crees tú que el esposo de esta señora la amaba? —me pregunta el abuelo.

—Creo que sí—digo.

—Seguro la amaba solo de un modo —dice el abuelo—, porque cuando murió la dejó sumergida en deudas. A ella y a sus hijos. Yo siempre pensé que moriría primero que tu abuela y lo que más quise fue demostrarle mi amor no solo con palabras, sino esforzándome para que no le faltara nada. Y cuando teníamos treinta años, que nació tu padre, sentí que debía redoblar mis esfuerzos. Porque cuando amas, te das, te entregas, te sacrificas. Ese es el lenguaje del amor.

En ese momento llega el hombre de la tarde anterior, buscando agua en su burro.

—Ajá, Camacho. ¿Cómo estamos de agua? El abuelo lo hace entrar y le conduce hasta la alberca. El hombre comienza a llenar los tanques plásticos y el abuelo le extiende una totuma de café.

—Gracias —dice el hombre.

El abuelo le habla del alumbre y del azufre y el hombre le dice que se le acabó y que le está tocando tan solo dejar asentar el agua en la tinaja antes de consumirla. El abuelo entra a la cocina y saca una gran piedra de azufre y la regala al hombre, quien nuevamente le agradece.

—¿Y hasta cuando será el verano, Camacho?

—Yo creo que le quedan unos días, apenas —dice el abuelo—. Ha estado relampagueando y soplando frío de noche.

—Ha llovido, dicen, por los cerros —confirma el hombre.

—Es cuestión de uno o dos días —dice el abuelo en tono profético.

—¿Y este es Camachito? —dice el hombre de mí.

—El mismo —dice el abuelo.

El hombre carga su burro, se sube a él de un brinco y se pone en marcha, diciendo otra vez las gracias.

Esa noche, mientras cenamos, el abuelo me termina de contar algunas cosas sobre los años en que esperaron a mi padre y lo difícil que fue para ambos ver alejarse la posibilidad de tener un heredero.

—Ella se encerraba y lloraba, y yo, para no llorar también, me distraía, trabajando o viajando —me cuenta el abuelo—. Le traía cosas bellas, cajas de música, adornos o ropa, que la alegraban por unos días y luego caía otra vez en depresión.

A veces el abuelo, en un cuarto de arriba, la sentaba en sus piernas y la mecía en un mecedor, a la manera en que lo hacía en otros tiempos su padre. Ella tomaba un álbum y comenzaba a mirar y a mostrar al abuelo las fotografías de ella cuando era niña y del día de su matrimonio.

—Mira —le decía ella, de pronto—, los pétalos de la rosa que me dejaste antes de irte.

—Cómo se conservan —decía el abuelo.

—Te prometí un rosal en honor de esta rosa y lo tendrás.

Al abuelo y a la abuela les tocó esperar hasta pasados sus treinta años, antes que se les concediera procrear a mi padre. Cuando este llegó, la abuela no volvió a estar triste. Ni siquiera cuando mi abuelo se iba a otro lugar por razones de su trabajo, ni siquiera cuando cayó enferma de la enfermedad que la llevó a la tumba. El abuelo se angustiaba de verla en cama y ella le reconfortaba diciéndole que la vida le alcanzó para ser feliz a su lado.

Un día, él la encontró inclinada en el patio, tenía el rostro pálido y estaba muy delgada.

—¿Qué haces, mujer, por qué no estás en la cama?

Ella le dio la más hermosa sonrisa que pudo y le dijo que sembraba unas rosas. El abuelo la vio introducir un tallo de rosa con una espina en el suelo húmedo y la ayudó a incorporarse.

—Espera que florezcan —le dijo.

Tan solo un mes después de esto, la abuela fallecía en su cama. El abuelo la halló como dormida. Había paz en su rostro. A lado y lado de su cuerpo estaban las cartas del abuelo y, sobre su regazo, un álbum de música.

El abuelo la sepultó al siguiente día. Los hermanos de la

abuela, mi padre, Jacinto, que ya era amigo del abuelo, y los gringos de la tabacalera estuvieron presentes también y le hicieron honores a la abuela. Luego del sepelio, el abuelo tomó un caballo, su rifle con suficientes municiones, un cuchillo de cacería y se internó en la montaña. Tres días estuvieron buscándolo y, cuando lo hallaron, ya venía de regreso con veinticinco pieles completas de tigres a los que logró matar y despellejar. El abuelo guardó las pieles, colgó el rifle y, luego de encargarse de enviar a mi padre de nuevo a la ciudad, en la que estudiaba interno, se encerró por muchos días.

XIII

TAL VEZ uno de los días mas felices que recuerdo experimenté en relación con el abuelo, fue aquel en que mi padre me fue a recoger porque terminaron mis vacaciones. Con tan solo dos días de lluvia, había pocos indicios del último verano. Mi padre nos halló en la parcela, era casi mediodía, nos abrazó e hizo un halago al abuelo sobre lo fuerte que se veía. Pero el abuelo lo esquivó, diciendo, de manera elemental, que ya no era el mismo y que no se sentía como antes. Pienso que era cierto, por la pausa que tomaba al pronunciar cada palabra.

—Ven conmigo unos días —le dijo mi padre—, para que descanses de tanto trajín —le rogó.

El abuelo miró lejos, como si estuviera oyendo la voz del próximo verano, miró también al cielo nublado y, entonces, reaccionó, como sorprendido de la pausa que había hecho. Volteó a ver a papá y dijo que sí con la cabeza. Mi padre lo abrazó y yo comencé a dar brincos en un pie, como un niño bantú. Nos dirigimos a la casa y, mientras caminábamos, el abuelo iba diciendo que solo serían unos pocos días y mi padre le confirmaba que así sería.

Esa tarde fuimos al rancho de Jacinto y llevamos de los víveres que mi padre trajo y más tarde comimos una cena intrascendente, de esas de la ciudad: pan, mortadela, queso y jugo de naranjas de un bote. Se veía ordinario el jugo servido en las totumas. El abuelo pidió a Jacinto el favor para que se apersonara de sus cosas. A Jacinto le pareció buena idea colaborar con el abuelo cuidando el cultivo. Él y sus hijos mayores se harían cargo.

—Cuida también la casa —le dijo el abuelo a Jacinto—. Los animales son tuyos si los quieres —añadió.

—Las cosas son de su dueño —dijo Jacinto—. Tú sabes que estoy muy agradecido de ti.

—Cuídame el rosal —siguió diciendo el abuelo.

—Camacho, no te preocupes, lo que tengo es gente que cuide y vigile bien las cosas.

—Yo misma cuidaré sus rosas, señor Camacho —dijo de repente la mujer de Jacinto, sorprendiendo hasta a sus hijos.

Hubo un leve silencio.

—Gracias —dijo el abuelo.

Nos despedimos y regresamos a la casa a oscuras. Llevábamos linternas de mano, que partían en dos la noche que ya había borrado el monte y el camino. Esa noche, el abuelo, papá y yo conversamos en el balcón. El abuelo preguntaba cosas, hacía muchos años que él no iba a una ciudad. Nos acostamos.

Bien temprano, al siguiente día todo estaba listo para partir. Jacinto, su mujer, Miguel y varios muchachos más, de sus hermanos, vinieron para despedirse; también, vinieron otros campesinos que conocían al abuelo para hacer lo mismo.

—Será por unos días —decía repetidamente el abuelo.

—Eso esperamos —dijo alguien.

—No te demores —dijo Jacinto.

Y partimos. Caminamos al paso del abuelo, quien llevaba tan solo un bolso con algo de ropa. Llegamos al sitio de la ciénaga en que nos recogía una lancha. Esta salía por el brazo de agua que daba al río y, de ahí, río abajo, arribábamos a tierra firme en media hora. Una vez en tierra firme, debíamos tomar un autobús en que viajábamos por casi tres horas hasta la ciudad.

Yendo por el río, el abuelo se lleva la mano a la cabeza:

—El radio —dice.

—¿Qué? —pregunta papá

—Olvidé el radio.

—Anda —digo yo.

—¿Cuál es el problema? —dice mi padre—. Yo te compro uno nuevo.

Un indígena kogui, de la sierra, que viaja en la misma lancha y ha estado observándonos, saca, como por instinto, de su mochila un pequeño radio de baterías, lo enciende, lo apaga enseguida, lo vuelve a guardar en la mochila y nos mira de nuevo.

—Bueno —le dice el abuelo a mi padre—, aunque tú sabes que el mío sintoniza emisoras de afuera.

—Lo compraremos igual, papá, no te preocupes.

—Me gusta oír al predicador —dice el abuelo, mirando al kogui. Este tiene un rostro inmutable.

—Acá podrás mirar predicadores por la televisión —le dice mi papá.

—Oh —dice el abuelo.

El río está crecido y hay muchas taruyas. El lanchero a veces para porque tiene que desenredar la hélice del motor de la lancha. Pero llegamos a tierra firme, tomamos el autobús y arribamos a casa recién entrada la tarde.

Mi madre se alegra de ver al abuelo, hacía rato que no se veían. Mi abuelo le dice cosas, como que parece una princesa o que está igual que el día de la boda. Mi madre se toma los cumplidos del abuelo muy en serio y mi padre festeja estas ocurrencias. Luego de reposarse un poco, mi madre acomoda al abuelo en una habitación.

—Descanse un rato, señor Camacho —le dice ella.

—Gracias, hija —el abuelo acomoda las cosas que trajo, se recuesta en la cama y se duerme.

—¿Y cómo lo convenciste? —pregunta mamá.

—Mi padre a lo mejor está enfermo. Es probable que se sienta cansado.

Esa noche, el abuelo se sienta conmigo a mirar al predicador de la televisión. Es la primera vez que tiene esa experiencia.

El hombre de la tele comienza a decir su mensaje y el abuelo está muy atento a todo lo que dice. El predicador es muy elocuente y seguro de sí mismo. Habla palabras griegas y demora un buen rato diciendo y explicando su significado. Usa un micrófono incorporado en su cabeza que da hasta su boca por un hilo de cable, apenas detectable. Parece que tiene una obsesión con las palabras griegas, porque cada vez que puede, pronuncia una y dice lo que significa para su auditorio, que lo aplaude ocasionalmente. Por momentos me distraigo, pero pienso que el abuelo me podrá explicar lo que yo no alcancé a entender. Lo que no sabía, era que el abuelo tampoco estaba comprendiendo nada.

—No hay otro —me susurra el abuelo— no le entiendo.

Tomo el control y paso varios canales hasta que aparece otro que parece predicar. Allí lo dejo para el abuelo. Es un hombre, joven todavía, vestido de blanco impecable. Su mujer, de blanco también, como cortada a su medida y químicamente bella, lo presenta a un auditorio y le entrega un micrófono que no tiene cable. El auditorio explota en aplausos y gritos. El hombre, ya con micrófono en mano, se queda callado, mirando solamente al auditorio y ocasionalmente al techo del lugar. Luego de unos eternos segundos alguien grita en el salón y luego alguien más y al rato, muchos gritan, otros lloran y los demás aplauden. El predicador, teniendo al parecer el control, dice:

—Hoy, el Espíritu me dijo: Te daré tanto poder que no necesitarás hablar.

Al decir esto, la gente ovaciona y el hombre levanta sus brazos. Luego, una orquesta pasa y cantan con relucientes instrumentos de música un animado aleluya, que termina de desbordar, junto a los gritos del predicador, un caudal de emociones.

—Qué lindo —dice el abuelo al terminarse el programa—. Solo que no entiendo, no son como el predicador de la radio.

—¿Y cómo es el predicador de la radio, abuelo?

—Es un campesino, como yo. No comprendo cómo, sin saber tanto y sin tener tanto poder, pudo saber lo que me ocurría, aquella madrugada que le oí, por primera vez.

El abuelo y yo, luego de conversar nos retiramos a dormir y

me quedo recordando lo que él me contó, ya no recuerdo en qué ocasión, sobre la noche que oyó al predicador...

Después que mi padre le había visitado y reconvenido, el abuelo se aquietó con el consumo de licor y había pasado varias semanas de increíble sobriedad. Una mañana pasó en su bicicleta Jacinto, saludó al abuelo y le notificó que abrirían la gallera en la tarde, que si no pensaba ir. El abuelo le gritó que no sabía. Pero recordó sus tiempos que en que fue un mini gallero; así que en la tarde se vistió y se encaminó en burro al pueblo.

La plaza del pueblo estaba alegre y el abuelo sintió que esa alegría se le metió por el cuerpo. Notó que por primera vez había policías en el pueblo que velaban por el buen orden. El abuelo se encontró a Jacinto y de inmediato se pusieron a tomar en un kiosco de cervezas. Más tarde entraron a la gallera y el abuelo preguntó cuál era el gallo bueno y le dijeron cuál era; así que, en medio de su cuasi borrachera, sacó del bolsillo unos billetes maltratados y los apostó al otro gallo.

—Compadre —le susurró Jacinto—, ese es el gallo malo, el bueno es el otro.

El abuelo le hizo señal de silencio poniendo su dedo en la boca. Al rato, ganó el gallo al que le apostó el abuelo y Jacinto lo felicitó. El abuelo le contó lo de su niñez en relación con los gallos.

Luego de los gallos, Jacinto se fue y el abuelo quiso quedarse todavía en el pueblo y fue a comprar ron al granero. El hombre del granero lo miró y le dijo que hacía rato no lo veía por ahí. El abuelo le dijo que desde que le cobró tanto a su hijo no le habían quedado ganas.

—Fue lo que consumiste, hombre. Lo que pasa es que ustedes, los borrachos, toman y después no se acuerdan.

—Será la porquería de ron que vendes, que le borra la mente a uno —dijo el abuelo, alterado.

—Porquería, después que te la tomas, ¿verdad? —gritó el hombre.

—¿Qué te crees? —gritó también el abuelo—. Yo he tomado orines mejores que lo que vendes aquí en este ventorrillo que llamas granero, que pasa cualquiera corriendo y le hace el inventario, imbécil.

El hombre de la tienda se puso rojo de rabia y, desde el otro lado del mostrador, empujó al abuelo, al tiempo que le decía que se largara.

El abuelo, como un rayo, lo sujetó por la camisa y le asestó un solo golpe de derecha. El tendero cayó desmayado y el abuelo se fue del lugar. Al rato, el tendero y unos cuatro policías buscaron y dieron con el abuelo. Uno de ellos tenía una carabina.

—Él es —gritó el tendero señalando al abuelo.

—¿Yo? —dijo el abuelo—. ¿Tú me viste?

—Acompáñenos, señor —le dijo el policía de la carabina.

—No —dijo el abuelo y, con las pausas que saben hacer los borrachos al hablar, dijo—: Búsquese a otro que lo acompañe.

Otro de los jóvenes policías lo sujetó del brazo y el abuelo se lo quitó de encima con un golpe en la mandíbula que no lo dejó levantarse. Vino el otro y corrió la misma suerte, y el otro igual. El de la carabina lo amenazó con el arma. El abuelo suspiró y se la quitó sin que el joven opusiera resistencia, y luego la hizo añicos contra un poste de alumbrado público. Le entregó los restos al muchacho uniformado y le dijo:

—Vaya a decirle a su papá que venga él por mí.

El policía se fue y, detrás de él, el tendero; los otros tres quedaron amontonados uno sobre el otro. Al rato llegó un piquete más grande de policías comandado por un teniente que usaba bigotes y que iba delante de todos.

—Este sí —gritó el abuelo, al ver al hombre de bigotes, y comenzó a tronar los dedos hechos puño.

El teniente se le abalanzó con la cachiporra policial y logró herir al abuelo en la cabeza. Este se aturdió, pero lanzó una mano y el teniente cayó. Luego, se le vinieron encima una veintena de agentes, armados de bolillos, y golpearon al abuelo. Había sangre de la cabeza del abuelo y de las bocas y narices rotas de los policías. Antes de reducirlo, quedó una pila de trece o catorce uniformados desmayados.

Cuando reanimaron al teniente, este ordenó montar al abuelo, que sangraba desmayado, en su burro, asegurarlo bien y arrearlo hasta medio kilómetro para que, si el burro conocía el camino, se encargase de llevarlo.

El burro fue derecho en medio de la noche y llegó. Un rato después, el abuelo tuvo una ligera reacción, se bajó del animal y entró a su casa. Se acostó, sangrando todavía, en su hamaca. Antes de la media noche, lo sacudió una pesadilla: Veía como si de una tira cómica emergiera un payaso de caricatura que luego se transformaba en el viejo payaso del circo, quien se paraba al lado suyo y le decía: «Ya me llevé a Isabela y te llevaré a vos también», y rompía en estrepitosa risa. Y luego oía a Isabela que decía: «No, no, Camacho, no dejes que te lleve».

Abrió los ojos y los acostumbró a la oscuridad. Le parecía ver figuras en la sala donde se quedó esa noche. Con valor, objetó la seriedad de aquellas sombras, como si pudiera enfrentar a los seres metafísicos de sus pesadillas.

—Isabela... —comenzó a decir—, amor mío, Isabela.

Como estaba oscuro, no se dio cuenta de que sus lágrimas se mezclaron con la sangre seca de su cara. Afuera, la noche era de los grillos.

De pronto, se incorporó y empezó a recordar lo que le había pasado. Resolvió a esa hora tomar el rifle y devolverse al pueblo para arreglar las cosas a punta de balas. Fue palpando la pared con las manos para orientarse hasta donde estaba el arma, pero antes tropezó con una repisa y tocó el radio. Lo manipuló, luego de encenderlo y sintió dolor en su cabeza, así que optó mejor por acostarse de nuevo en la hamaca. El radio quedó encendido y el hombre que hablaba comenzó a decir:

La novia entró como todas las novias: vestida de blanco, feliz, radiante, emocionada. Ante el altar la esperaba su novio, con gran expectación, ansiedad y amor. Y los invitados, los parientes, el clérigo, todos sentían una emoción excepcional. Estas eran unas nupcias especiales.

La ceremonia transcurrió como de costumbre, aunque sí había una diferencia. El novio no pudo ponerle el anillo acostumbrado a la novia. No pudo, porque ella tenía ambas manos amputadas. Diez años atrás, Mary Vincent, cuando tenía solo quince años de edad, había sido raptada y violada, y el violador le había cortado ambas manos con un hacha. Pero ahora se encontraba frente al altar, habiéndose sometido a una completa reconstrucción física, moral y espiritual. Con razón aquella boda era algo muy especial.

La noticia de lo que le había sucedido a Mary, tan pronto como se propagó, había conmovido a todo el mundo. Había sido raptada, violada, mutilada y abandonada en una carretera solitaria. Cuando fue hallada, estaba desnuda y drogada. Parecía el fin de una bella e inocente adolescente de apenas quince años de edad, algo de lo cual jamás podría reponerse.

Sin embargo, sus muñones fueron curados, manos ortopédicas le fueron colocadas, sus tremendos traumas mentales y emocionales fueron poco a poco eliminados, y a los diez años se disponía a casarse con un joven que la amaba, y con el que comenzaba, completamente renovada, una nueva vida.

Una desgracia nunca tiene que ser el punto final de una carrera. Mientras hay vida, hay esperanza, y nada, excepto la muerte, tiene que marcar el fin de una persona o el fin de un destino.

Dios tiene recursos infinitos para edificar, para levantar, para alentar, para reconstruir. La fe en Dios, la sumisión a su divina voluntad, hace maravillas. La esperanza en una mañana mejor levanta el espíritu. La voluntad de vencer y recuperarse de cualquier clase de caída es una energía, una fuerza, una virtud que reanima el alma muerta.

> *Cualquiera que esté contemplando hoy lo que parece ser su ruina definitiva debe convencerse de que solo la muerte es definitiva. Todo lo demás tiene remedio. «No te des por vencido, ni aun vencido», decía un poeta argentino.*
>
> *Jesucristo dijo: Vengan a mí todos ustedes que están cansados y agobiados, y yo les daré descanso. Si clamamos a Cristo y ponemos en sus manos nuestra calamidad, podremos cambiarla en victoria. No hay razón alguna que valga para que perdamos la fe.[8]*

El abuelo no podía dar crédito a lo que escuchó. El hombre de la radio sabía lo que le estaba pasando. Ahora, el abuelo lloraba dentro de la hamaca, con otra clase de llanto, y se durmió.

Bien temprano se despertó y alcanzó a oír la canción de la que con frecuencia le escucharía yo algunos apartes.

Ayer fue la ocasión
En que vino el Salvador
Yo no sé qué pasa
Pero me cambió.
Ya no es imaginación
El perfume de la flor,
Yo no sé, no sé qué pasa
Pero ayer brotó.
Y decirte el verso
De luz y paz
No se me podría pasar,
Cristo te ama
Ayer fue la ocasión
En que hablaba del amor
Yo sé, no sé qué pasa,
Pero hoy se reveló.
Ya no existe el temor
Sino vida sin dolor

Solo sé, yo sé que era
De Cristo el amor.
Y decirte el verso
De luz y paz
No se me podría pasar,
Cristo te quiere salvar.[9]

El abuelo se levantó de la hamaca con la intención de poner la olla con café al fogón. Todavía, parte de la noche rueda por el techo. El abuelo se sentía liviano, algo inmaterial y feliz. Miró hacia el patio y lo atrajo una fosforescencia. Allí, en medio de la semi oscuridad del patio, alumbrando como faroles, habían brotado las dos primeras rosas del rosal de la abuela.

XIV

MI PADRE, por amor al abuelo y sabiendo que a este le gusta el campo, adquirió esta casa en la que vivimos, donde hay un patio bien arborizado, en un lugar de la ciudad donde existe bastante vegetación. Es aquí donde el abuelo, sentado bajo un frondoso níspero, terminó de contarme todo. Los pocos días que vino a pasar con nosotros se volvieron semanas, y las semanas meses, y los meses se volvieron un poco más de un año. Era frecuente encontrar al abuelo barriendo temprano y amontonando nísperos, por más que mi madre le decía que no se pusiera en eso. Como mi padre le comprara un radio, sacaba la antena de este y procuraba orientarla para buscar al predicador campesino, como él le llamaba. También se le veía leyendo su Biblia. No volvió a ver a los predicadores de la televisión.

Cierta mañana me levanté temprano y me dirigí al fondo del patio en donde estaba seguro de que encontraría al abuelo. Y, en efecto, lo encontré haciendo silbidos como un canario, pegado a la pared del patio vecino. Al sentir mi presencia, hizo silencio y simuló tomar un sorbo de café del pocillo vacío. Me dio los buenos días y noté cierta picardía en sus ojos. Al siguiente día lo encontré en el mismo sitio y haciendo lo mismo del día anterior, silbando con mucha elegancia, cual canario. Esta vez le noté contento de que yo estuviera allí. Me hizo con la mano señal de que me acercara. Cuando estuve cerquita, me dijo muy quedamente: «Escucha, escucha». Y comenzó a imitar magistralmente el canto de un canario. Hizo una pausa de suspenso y miró en dirección de los árboles de la casa vecina. Yo todavía no entendía nada y él puso su dedo índice cerca de su oreja y me dijo, más despacio todavía: «Oye, oye». Entonces oí. Era, al parecer, un pájaro en el patio de la casa vecina que trinaba igual que los silbos del abuelo. El abuelo y yo nos miramos las caras y sonreímos. El abuelo continuó unos minutos más, intercambiando tonadas con el pájaro de la casa vecina. Me convencí ese día de que el abuelo no solo explicaba muy bien a los pájaros, sino que los interpretaba también. Un día casi nos sorprende mi padre, y el abuelo se hizo el distraído, dándome a entender que esto debía permanecer como un secreto entre los dos.

Una mañana encontré al abuelo sentado en el mecedor, en el patio. Me despedí de él, porque me iba para clases, y él me dio un beso en la frente, me miró directo a los ojos y, mientras sujetaba mis mejillas, me dijo:

—No te comas la semilla.

Me fui a clases y, al rato de estar sentado en el pupitre, me llamó la directora del plantel para decirme que llamaron de la casa, que mi abuelo había muerto. Mientras iba de camino, llorando, recordé su cara esa mañana y sus palabras. Mi abuelo se había despedido, y quién iba a pensar que esas serían las últimas horas de su rostro. Mi padre me dijo que no sufrió, solo se quedó dormido leyendo la Biblia.

Me tocó a mí, ahora, estar ante el féretro del abuelo muerto. Afuera, familiares, vecinos y amigos toman café y refieren cuentos, como es costumbre, y luego vamos a sepultarlo.

Al siguiente día me levanté temprano y salí al patio, porque me acordé del canario con el que el abuelo entonaba. Lo escuché y tímidamente traté de silbar como él, pero, no lo lograba. Por dos días más salí para escucharlo, pero, definitivamente, ya no lo escucharía más.

A las nueve noches, varios abuelos con quienes el abuelo compartió en vida, vinieron espontáneamente y mis padres les ofrecieron galletas y café en el patio. Estos abuelos sabían referir cuentos, así que yo me acerqué para escuchar, justo en el momento en que uno de ellos decía:

—Si no me quieren creer, no me crean, pero hace un tiempo, yo trinaba desde mi patio, bien temprano en la mañana, y me contestaba un canario de este lado. A veces trinaba él primero y a veces yo; pero, de unos días para acá, no lo he vuelto a oír. Nadie sabía este secreto del abuelo, hasta ahora que lo estoy contando y espero que no se divulgue mucho.

Luego de cuatro años sin el abuelo, le digo a mi padre que me permita ir al campo, que yo me atrevo a ir solo. Así que tomo un poco de ropa y me dirijo al lugar. Me bajo en la ciénaga y en ella hay muchos pescadores haciendo su tarea. La ceiba está intacta y la que estaba caída ha echado a andar y está retoñada.

Cuando avisto el techo de la casa del abuelo, mi corazón se alegra. Un perro sale a recibirme meneando la cola, lo miro bien y veo que se trata de tres pesos; pero está robusto.

La mujer de Jacinto está en la cocina haciendo almuerzo; tres pequeños están con ella. Se sorprende al verme y yo le digo que todo está bien. Me da sentidas condolencias después de cuatro años.

«Voy a subir», le digo. Subo y las habitaciones están limpias y las hamacas en su lugar. Se ve que la familia de Jacinto ha hecho un excelente trabajo de puro corazón. Miro por el balcón y no puedo dejar de pensar que desde aquí veía a veces al abuelo, abajo, meditando.

Salgo al patio y miro el rosal increíblemente bien cuidado. Le agradezco a la mujer de Jacinto. Ella se ve diferente. Le pregunto por Jacinto y el resto de familia, y especialmente por Miguel. Me dice que todos están bien y que Miguel está yendo a la escuela y hace tercer grado. Me alegro mucho de esa noticia.

Esa noche, me acuesto en la hamaca y me dispongo a dormir. Veo el radio del abuelo y lo enciendo, anuncian una canción y creo identificarla como aquella que el abuelo cantaba a pedazos. Luego, un predicador al que hasta un niño puede entender, da una charla muy interesante. Me quedo dormido y, bien temprano, me dispongo para salir de vuelta a la ciudad.

Voy pensando que al abuelo le hubiera gustado mucho ver todo lo que yo estoy viendo.

—Camacho —me llama alguien detrás.

Miro y veo a un jovencito a quien no alcanzo a identificar. Como estoy cerca de la lancha, me subo en ella y el joven se acerca a saludarme.

—Camacho, mi mamá me dijo que habías venido, pero que ya te regresabas, y corrí para saludarte. ¿Te acuerdas de mí? Yo soy Miguel. ¿Te acuerdas que buscamos el huevo de la puerca?

—Hola, Miguel ¿cómo estás? —le dije con sorpresa.

Miguel se ve diferente con uniforme, que incluye zapatos de caucho. Hablamos mientras la lancha se llena del último pasajero, y le digo que vendré más frecuentemente por estos lados. Él se alegra mucho desde la orilla de la ciénaga.

—Nos vemos pronto, amigo —le grito.

Él se despide con una gran sonrisa y entonces me doy cuenta de que eso es lo que lo hace ver diferente, tal vez hasta mayor que yo. El lanchero enciende el motor.

—Estoy estudiando —dice alzando los libros—. Quiero ser predicador.

Yo regreso a casa y durante la travesía voy pensando en el deseo de Miguel de ser predicador. Y pienso también que Miguel, por ser campesino, llegará a ser uno de esos predicadores que le gustaba escuchar al abuelo. De los que no saben tanto y no tienen tanto poder, pero saben lo que les pasa a las personas que los escuchan.

Notas

1. "Testimonio", letra y música por Alejandro Alonso, del álbum *Cántico de libertad* (Maranatha Music, Poiema records, 1982). Usado con permiso.

2. "Testimonio", Alejandro Alonso. Usado con permiso.

3. 1 Crónicas 2.1-28.

4. "Folsom Prison Blues", letra y música por John R. Cash. © 1956 (renovado 1984) HOUSE OF CASH, INC. (BMI)/administrado por BUG MUSIC. Todos los derechos reservados. Usado con permiso.

5. "Take My Hand, Precious Lord", por Thomas A. Dorsey. © 1938 (renovado) Warner-Tamerlane Publishing Corp. Todos los derechos reservados. Usado con permiso de Alfred Publishing Co., Inc.

6. "El carretero", por Guillermo Portables. Usado con el permiso de Songs of Peer, Ltd. Todos los derechos reservados.

7. 2 Reyes 4.1-7.

8. Hermano Pablo, *Un mensaje a la conciencia*, "Una reconstrucción física, moral y espiritual", http://www.conciencia. net/main.aspx?ID=2004dic04&q=UNA%20RECONSTRUc-CION%20%20FISICA, citado con permiso de la Asociación Hermano Pablo.

9. "Testimonio", Alejandro Alonso. Usado con permiso.

12/12 ⑤ 6/12
2/15 ⑥ 10/13
10/18 ⑪ 10/17